열아홉의 에세이

열아홉의
에세이

이경창 지음

PRISM

열아홉. 한창 꽃피울 나이.

어른들은 말한다. 지금이 가장 좋을 때라고. 하지만 열아홉을 보내고 있는 우리로서 지금의 시기는 하루하루가 지옥과 같다.

그런 생각을 한 적이 있다. TV에서 보던 그 고3. 가방끈을 축 늘어뜨리고 힘없이 걸어가는 고3. 언젠가 우리에게도 저런 날이 오는 걸까? 고민을 하기도 잠시, 눈 깜빡할 새에 우리도 그저 남 얘기로만 듣던 그 시기, 고3을 보내고 있었다.

대학입시 수능. 그 한 순간의 선택으로 나의 인생이 좌우될 중차대한 선택의 기로에 놓인 우리. 누군가는 성공의 기쁨을 누리고, 누군가는 패배의 쓴맛을 본다. 우리는 하루를 살고 있다기보다 하루를 버티며 산다.

"엄마는 우리 아들 믿어."

생각보다 믿는다는 말은 우리에게 한없이 부담 되는 말이다. 힘내라는 말로도 위로가 되지 않는 이 마음. 어쩌면 너무 늦은 건 아닌가? 후회 섞인 깊은 한숨을 내쉰다.

우리가 아무리 이런 고민을 한다 해도 어른들 눈에는 우린 여전히 종소리 '땡' 하면 정신없이 급식실로 달려가는 철없는 십대에 불과하다.

그러나 우리의 열아홉도 그리 순탄치만은 않다. 우리도 어른들만큼 치열하게 하루하루를 보내고 있다는 것을 말해주고 싶다. 누구에게나 열아홉은 한 번밖에 없기에 모든 게 새롭고 또 모든 게 서툴다.

처음이자 다시는 찾아오지 않을 열아홉. 이 열아홉을 후회 없이 보낼 수 있는 방법은 없을까. 어느 순간부터 서로 같은 시간을 보내고 있는 다른 열아홉들을 조사하기 시작했다.

'그들의 하루는 어떨까?'

'그들에게 열아홉이란 무슨 의미일까?'

같은 해에 태어난 우리는 모두 다른 꿈을 꾸며 자신만의 길을 걷고 있었고, 누구보다 치열하게 하루를 보내고 있었다. 우리를 이해하지 못하는 어른들에게 말하고 싶다.

"우리의 열아홉도 그리 순탄치만은 않다고요."

우리의 열아홉이 담긴 이야기, 지금 시작한다.

차례

제1과 **우리의 열아홉**

학교라는 곳은 ──────────────

학생인 우리는 ──────────────

제2과 **학생과 군인, 그사이 열아홉**

나는 누구일까? 학생일까, 군인일까? ———————

제3과 **빛날, 빛나는, 빛나던 열아홉**

제1과

우리의 열아홉

학교라는
곳은

스트레스 없는 고3은 없다

고등학교에 지원하면서 알게 된 사실은 내게도 선택지가 생긴다는 것이다. 초등학교를 졸업하고 중학교에 들어갈 때만 해도 성적에 관계없이 우선순위로 적어 낸 학교들 중에 무작위로 추첨해 근처 학교에 가게 된다. 하지만 고등학교는 조금 다르다. 십대 인생에서 가장 큰 선택의 기로라 해도 무방할 것이다.

우리나라의 고등학교는 크게 일반고, 특목고, 자율고, 특성화고 네 개로 구분 지어 볼 수 있다.

일반고는 대부분의 사람들이 '고등학생' 하면 떠올리는, 주변에서 가장 흔히 볼 수 있는 고등학교다.

특목고는 특수 분야의 전문적인 교육을 목적으로 설립된 고등학교다. 외국어고, 국제고, 과학고, 예술고, 체육고, 마이스터고 등이 여기에 포함된다.

자율고는 다양하고 특화된 교육을 실현하기 위해 설립된 고등학교로, 해당 학교의 건학 이념에 따라 교육과정 등을 자율적으로 운영한다. 학사운영도 학교 재량에 맡긴다. 자율고에는 자율형공립고와 자율형사립고가 있다. 우리가 흔히 '자사고'라고 부르는 고등학교는 자율형사립고다.

　　특성화고는 소질과 적성, 능력이 유사한 학생들을 대상으로 특정 분야의 인재 양성을 목적으로 하는 고등학교다.

　　고등학교 3년이라는 티켓을 구매한 이상 '스트레스'라는 단어는 그림자처럼 우리 곁을 따라다닌다. 학업, 친구, 가족, 수능 등 수많은 고민거리와 함께 이 3년의 여행이 시작된다.

　　그리고 찾아오는 고3. 고3은 혼자만 힘든 게 아니다. 주위에 있는 모두를 힘들게 한다. 부모님은 용하다는 곳에 찾아가 점까지 보고, 아낌없이 뒷바라지하겠다며 두 눈 치켜뜨고 새벽에 일어나고, 한밤중에는 자식들이 좋은 대학에 들어가길 바라며 기도하신다.

　　학교 가서는 대부분의 이야기가 대학 진학 문제로 치우치기 때문에 스트레스가 이만저만이 아니다. 주말과 공휴일에도 학교에서 자습을 이유로 강제로 학교에 나오게 하는 일도 심심찮게 벌어진다. 심한 경우 일요일인데도 평일과 똑같은 시간에 강제 등교해 자습을 시키는 학교들도 있다.

특성화고는 수능을 치지 않으니 스트레스가 없겠다고 생각할 수도 있겠지만, 이곳 학생들도 자격증 공부, 자기소개서와 면접 준비 등으로 일반계 고3 못지않게 바쁜 나날을 보낸다. 덤으로 우리나라는 고졸 출신 9급 공무원도 뽑기 때문에 특성화나 일반계나 어디든 고3은 매우 바쁜 시기다.

운동부에 가입한 고교 스포츠 선수라면 수능과는 다른 이유로 고3 시기가 불안하다. 자질이 괜찮은 선수라면 이미 고등학교 입학 무렵, 아니 중3 때부터 대부분 진로가 결정 난다. 이들은 프로팀, 국가대표, 실업팀, 대학팀 등의 스카우트 지목 대상이 되어 관리를 받으며 활동한다. 이러한 카드 또한 모두에게 주어지는 것이 아니기 때문에 이를 얻기 위해 미친 듯 땀 흘리며 노력한다. 스카우트가 되지 않는다면 스포츠 선수라는 특성상 진로가 굉장히 막막해진다는 것을 그들 자신이 누구보다 잘 알고 있기 때문이다. 그렇기에 이들은 누구보다도 열심히 노력한다.

즉, 어딜 가나 대한민국의 모든 고3은 스트레스와 함께 생활한다.

부모가 원하는 인생,
내가 원하는 인생

한 서울대생이 고백했다.

"나는 빛나는 서울대생이 되었지만, 내 안에서는 찌그러진 깡통이 되어가고 있었다."

열아홉 우리가 힘든 이유는 무엇일까?

우리 사회는 너무나도 강고하게 '가도 괜찮은 길'을 정해놓았다. 의사, 검사, 대기업, 공무원 등. 가도 괜찮다는 길이 이 몇 가지밖에 없으니 선택의 문 자체가 매우 비좁다. 그 좁은 문을 비집고 들어가야 하니 경쟁은 더욱 치열하다. 그곳에 속하지 못하면 패배자가 되는 듯한 느낌이다.

더 큰 문제는 무엇일까? 이 선택의 문이 내가 원해서 가는 것이 아니라 부모가 원해서 가는 경우다. 우리가 진로를 결정할 때 이런 심각한 문제가 생긴다.

내가 원하는 학과와 부모님이 원하는 학과
내가 정말 하고 싶은 일과 사회적으로 안정적인 일

이런 게 완전히 대립되는 일이 생길지도 모른다. 부모가
추구하는 인생과 내가 추구하는 인생이 같다면 모르겠지만, 주
위를 둘러보면 그렇지 않은 경우가 대부분이다.

부모가 가라는 길은 안정적이고 정년이 보장되는 걱정 없
는(?) 삶이지만, 그건 내가 원하는 길과는 다르다. 내가 원하는
길은 실패할 확률이 크고 위험이 도사리고 있지만, 나의 가슴을
뛰게 하는 일이다.

그렇다면 이와 같은 두 가지 선택의 기로에 놓였을 때 과
연 무엇을 선택하는 것이 옳을까?

내가 원하는 삶을 산다고 해서 성공할 수 있다는 보장은
없다. 하지만 부모가 원하는 인생을 산다고 해서 그 과정에서 치
러야 하는 여러 시험에 내가 합격한다는 보장도 없다.

내가 실패를 한다고 가정했을 때 후회하지 않을 실패는
무엇일까?

부모가 원하는 직업을 목표로 삼고 도전했을 때 실패하게

되면 원망의 화살은 아마 내가 아닌 부모에게로 향할 것 같다. 그러나 내가 원하는, 위험이 도사리는 그 길을 택했을 때 실패 후 찾아오는 원망의 화살은 온전히 내게로 향할 것이다.

내가 원치 않은 일에서 실패하게 되면 그것은 극복 가능한 실패가 아닌, 타인을 원망하는 실패로만 남을 것 같다.

그러나 내가 원하는 일에서 실패하게 될 경우 그것은 일말의 극복 가능한 실패가 될 수 있지 않을까?

가장 큰 문제는 바로 부모를 설득하는 것이다. 지금도 많은 학생이 학교에서 주는 '진로희망사항' 종이를 받고는 본인이 원하는 꿈을 연필로 적다가, 다시 지우개로 지우고 부모가 원하는 나의 직업을 그곳에 쓰고 있다.

부모가 정해 주는 안정적인 길을 포기하고, 내가 가고 싶은 길로 간다고 말했을 때 망설임 없이 찬성하는 부모는 극히 드물다는 걸 모두가 잘 알 것이다. 혹자는 부모님에게 유튜브를 시작한다고 말했다가 돌아오는 답으로 뺨을 맞기도 했다고 한다. "내가 너를 어떻게 키웠는데 그런 말이 나오냐?"며 울분을 토하기도 한다.

그렇다면 부모가 원하는 나의 인생을 위해 내가 원하는

인생을 포기하며 앞날을 살아가야 할까?

　부모가 정한 '가도 괜찮은 길'을 가기에는 그 길 앞에 놓인
내가 전혀 괜찮지가 않다. 누구를 위한 인생을 살지 잘 생각해야
할 것 같다.

주입식 교육 속 기계화된 우리

대한민국 고3.

영어 독해하는 속도, 수학문제 푸는 실력, 탐구영역 킬러 문제 푸는 속도, 정보량이 많은 글의 구조와 주제를 파악하는 능력. 이것만큼은 세계 최고다. 그러나 대학에 진학하거나 군대에 다녀오면서 이 능력을 상실한다.

대한민국 교육에 대해 모든 학생이 공감하는 문제는 무엇일까? 바로 주입식 교육, 대학입시 위주의 교육이다. 이런 교육 체계는 암기력 향상에 도움이 될 뿐 살아가는 데 큰 도움을 주지 못한다. 수능을 잘 친다고 똑똑한 게 아니다. 그저 많이 외운 것뿐이다.

학교는 왜 생긴 걸까? 지식과 기술을 알려 주기 위해서다. 성숙한 민주시민이 되도록 하기 위함이다. 하지만 여태껏 우리가 받아온 교육들은 어땠나? 시험답안지와 OMR답안지에 작성하면 잊히는 휘발성 지식의 교육이었다.

주입식 교육을 이야기하자면 최승호 시인의 일화를 빠뜨릴 수 없다. 그는 자신이 쓴 시가 나온 대입문제를 풀어봤는데, 작가인 본인이 모두 틀렸다고 말했다.

2004년 서울시교육청 주관 수능 모의고사
(동그라미 안의 번호는 오지선다 중 정답과 최 시인의 오답)

〈문제〉

아마존수족관 열대어들이/ 유리벽에 끼어 헤엄치는 여름밤/ 세검정 길/ 장어구이집 창문에서 연기가 나고/ 아스팔트에서 고무 탄내가 난다./ 열난 기계들이 길을 끓이면서/ 질주하는 여름밤/ 상품들은 덩굴져 자라나며 색색이 종이꽃을 피우고 있고/ 철근은 밀림, 간판은 열대지만/ 아마존 강은 여기서 아득히 멀어/ 열대어들은 수족관 속에서 목마르다./ 변기 같은 귓바퀴에 소음 부엉거리는/ 여름밤 〈열대어들에게 시를 선물하니/ 노란 달이 아마존 강물 속에 향기롭게 출렁이고/ 아마존 강변에 후리지아 꽃들이 만발했다.〉

1. 다음 설명 중 적절치 않은 것은?
② 대립적 가치를 통해 주제를 강화하고 있다. (교육청 정답)
④ 부정적 현실에 대한 인식이 드러나 있다. (최 시인 답)

2. 다음의 해석에 대해 정약용이 위 지문의〈   〉에 대해 할 수 있는 말은?

〈보기〉

시인은 물고기에게 시를 선물하고 싶어한다. 그것은 시가 모든 존재의 영혼인 까닭이다. 수족관에 갇힌 열대어, 즉 물화된 인간도 그 자신 이미 상품으로 전락되어 있는 까닭에 영혼이 있을 수 없고, 따라서 그 잃어버린 영혼을 회복하기 위해서는 비유적으로 시가 있어야 한다고 시인은 생각했던 것이다.

① 시가 현실의 문제를 근본적으로 해결해 줄 수는 없는 노릇이니 어찌 만족할 수 있겠소. (교육청 정답)
② 황폐한 삶 속에서도 정신적인 가치를 잃지 않으려는 태도야말로 제가 추구하는 도입니다. (최 시인 답)

3. 교내 축제에서 이 시를 원작으로 한 무용을 공연하기 위해 토의한 내용이다. 적절치 않은 것은?

③ 물고기가 헤엄을 치다가 유리벽에 부딪치는 듯한 동작을 반복하면 원작의 내용이 잘 표현될 거예요. (최 시인 답)
⑤ 처음에는 흰색 의상을 입은 무용수를 등장시키고, 마지막에는 검은색 의상을 입은 무용수를 등장시키면 주제가 부각될 거예요. (교육청 정답)

최승호 시인은 결과를 보고 이런 말을 했다.

"그냥 미스터리로 남겨두고 싶다. 나도 생각하지 못한 정답이 어떻게 나오는지 정말 궁금하다. 내가 바보라서 모르는 건지…. 그렇지만 문제가 틀렸다고 단정할 수는 없을 거 같다. 나는 감정과 예술의 자리에서 얘기하고, 수능은 이론과 논리의 자리에서 얘기하는 것일 뿐이다."

문학은 사실상 수학처럼 정답이 정해져 있지 않다. 시를 읽고 내가 어떻게 받아들이느냐에 따라 전혀 달라질 수 있는 게 문학이고, 감상 또한 천차만별인 것이 바로 문학이다. 작가조차 모르는 정답을 우리보고 풀라고 하니 난감할 수밖에 없다.

주입식 교육은 학생들이 생각할 기회를 배제한다. 그저 암기를 위한 공부만 시키게 된다.

또 하나의 흥미로운 사례가 있다. 지금으로부터 10여 년 전인 2010년 미국 오바마 전 대통령이 한 공식석상에서 한국의 기자들에게 뜻밖의 질문권을 준다.

"한국 기자들에게 질문권을 하나 드리고 싶군요. 정말 훌륭한 개최국 역할을 해주셨으니까요. 누구 없나요?"

그러나 자신 있게 손을 드는 사람은 없고 어색한 침묵만

흐를 뿐이었다. 그때 한 명의 기자가 일어섰지만, 안타깝게도 한
국 기자가 아닌 중국 기자였다.

"실망시켜드려 죄송하지만 저는 중국 기자입니다. 제가
아시아를 대표해서 질문해도 될까요? 한국 기자들에게 제가 대
신 질문해도 되는지 물어보면 어떨까요?"

"그것은 한국 기자가 질문하고 싶은지에 따라서 결정되겠
네요. 없나요? 아무도 없나요?"

다시 한 번 깊은 정적이 흘렀고 결국 질문권은 중국 기자
에게 넘어갔다.

왜 그 자리에서 한국 기자들은 아무도 자신 있게 손을 들
지 못했을까? 아마 지금의 우리가 받는 교육을 생각하면 이해가
쉬울 것이다.

"모르는 거 있어?"

선생님이 묻는다.

이해가 되지 않는 부분이 있어도 다시 생각해본다.

'내가 수업 분위기를 깨는 건 아닐까?'

'전부 다 손을 안 드는데 나만 이상한 게 아닐까?'

용기 내서 질문을 해보지만 주변에서는 '그것도 모르냐?'
는 시선을 보낸다. 결국 질문한 친구만 욕을 먹는다. 그래서 우
리는 모르는 게 있어도 질문하기가 두렵다.

우리에게 모르면서 아는 척하는 건 창피한 거라고 말하는 이들 또한 어쩌면 비슷한 상황에 놓이면 막상 자기들도 우리와 똑같이 모르면서 아는 척하고 있지는 않을까?

가장 안타까운 것은 우리가 이렇게 주입식 교육이 문제라고 백날 말해봤자 학교는 여전히 달라지는 것 없이 세월이 변해도 그 모습을 잘 유지하고 있다는 점이다.

재수한다고
인생이 무너지지는 않잖아

수능이 끝남과 함께 몇몇은 눈앞에 마주한 결과를 아쉬워하며 '한 번 더 도전해볼까?' 고민한다.

'다른 친구들은 다 대학교 가서 대학생활을 즐기고 있는데 나 혼자만 쓸쓸하게 1년을 다시 보내지는 않을까?'

'남들은 다 앞서가는데 나 혼자 뒤처지는 건 아닐까?'

이런 생각에 두렵기도 하다.

'막상 지옥과 같았던 이 1년을 또 버틸 수 있을까?'

무섭기까지 하다. 다시 도전한다 하더라도 내년에 또다시 불합격이란 단어를 마주하게 될지도 모른다. 이런 두려움과 무서움 속에서 많은 걱정이 머릿속을 파고든다.

가장 큰 걱정은 무엇보다도 부모님에게 이 사실을 이야기해야 한다는 것이다. 수능은 혼자만 힘든 것이 아니다. 주변 사람들도 함께 힘들기 마련이다. 그 힘든 1년의 시간을 보냈음에도 수능 끝나고 나서 부모님에게 다시 손을 벌리는 것. 아마 자식이 재수를 한다고 말할 때 그 결정을 환한 얼굴로 반기는 부모는 없을 것이다.

하지만 확고한 의지를 가지고 용기를 내서 입 밖으로 꺼낼 때 인생에 있어 다시 한 번 새로운 도전이 시작된다.

고민 끝에 다시 한 번 도전을 택한 이들은 성격적으로 아주 대담하거나 무모한 사람들일 수도 있지만, 아마도 대부분은 위험을 싫어할 것이다. 다만 그들은 위험에 대한 두려움을 극복하고 위험한 곳을 향해 스스로 나아갈 뿐이다. 이들에게는 간절함이라는 단어만 존재할 뿐이다.

재수를 결심한 친구에게 힘내라는 위로 섞인 말을 건네자 친구는 잠시 고민하더니 이런 말을 꺼냈다.

"재수를 결심했을 때 나는 솔직히 괜찮았어. 그런데 주변에서 연민의 눈빛으로 나를 바라보더라고. 먼저 대학 간 친구들은 옆에서 '재수하는구나. 어떡하니. 힘들겠다. 힘내라. 고생이 많다'고 말하는데, 분명 위로의 표현으로 하는 건 알지만 자꾸 들다 보니 '내가 그렇게 불쌍한 사람인가?' 이런 생각이 들기도 해. 그래서 그런 말들은 고맙지만 가능하면 하지 않아줬으면 좋겠어."

내가 위안을 위해 건넸던 말들이 이들에게는 스스로를 불쌍하게 여기는 말이 될 수도 있다는 생각에 앞으로는 그저 묵묵히 뒤에서 응원해야겠다고 결심했다.

그날 밤 우연히 본 스타강사의 영상이 기억에 남아 있다. 영상의 주인공은 대학에서 자신이 겪은 일화를 이야기했다.

한 교수님이 10분 늦게 수업에 들어와서는 늦어서 미안하니 선물을 주고 싶다고 말한다. 그러고는 가지고 있던 10만 원짜리 수표를 꺼내면서 학생들에게 물어본다.

"내가 자네들에게 이 수표를 줄 건데 가지고 싶은 사람이 있는가?"

학생들은 당연히 손을 들고는 자기에게 10만 원을 달라고 한다. 교수는 다시 한 번 10만 원을 꺼내 들며 말한다.

"나는 자네들이 다시 한 번 손을 들면 제일 빨리 손을 드는 사람에게 이 10만 원을 주겠네."

그러고선 그 돈을 학생들의 눈앞에서 꾸겼다.

"좀 꾸겨졌네. 먼지도 날리네. 혹시 구겨진 돈이라도 괜찮으면 가지고 싶은 사람이 있는가?"

학생들은 여전히 손을 들었다.

그러자 교수는 수표를 바닥에 던지더니 발로 밟고서는 묻는다.

"조금 더 지저분해졌네. 조금 더 구겨지고 바닥에 떨어지고 오점도 묻었는데 그래도 가지겠는가?"

학생들은 웃으며 말한다.

"저 주세요. 제가 먼지 털어서 구긴 것 좀 펴고 하면 편의점에서도 쓸수 있고 하고 싶은 거 다 할 수 있잖아요."

학생들이 모두 손을 드니 교수가 물어본다.

"자네들은 자존심도 없나? 이렇게 지저분하고 바닥에 떨어지고 신발에 짓밟혔는데 이거 왜 가지려고 그러나?"

학생들은 당연하다는 듯이 말한다.

"교수님! 그거 찢어지지만 않으면 10만 원의 가치는 변하지 않잖아요."

"자네들은 작은 종이 하나가 10만 원의 가치를 가지고 있으면 이게 아무리 구겨지고 바닥에 떨어져도 그 가치가 변하지 않는다는 걸 너무나도 잘 알고 있으면서 왜 작은 종이쪽지와는 비교도 안 되는 자신이라는 존재가 사람들 보기에 나락에 떨어지고 오점이 묻고 사람들에게 손가락질당하고 아니면 커리어가 좀 구겨지고 내 인생이 좀 틀렸다고 여기면 자기를 너무 무가치하다고 생각해버리는가? 그럴 필요는 없지 않나? 작은 돈보다 훨씬 소중한 인간인데 원하는 대로 안 되는 게 뭐 그리 대수인가?"

학생답게

어른의 사전적 정의는 다음과 같다.

'다 자란 사람. 또는 다 자라서 자기 일에 책임을 질 수 있는 사람.'

여기서 말하는 다 자랐다는 것은 키처럼 신체적인 것을 이야기하는 것은 아닐 거다. 아마도 여기서 다 자랐다는 것은 정신적으로 성장한 사람을 가리키는 말일 것이다. 예를 들면 참을성이 좋은 것 말이다. 사회에서 통용되는 어른의 의미는 이처럼 '인격이 성숙한 사람' 정도일 것이다.

어른답다는 건?

위에서 말한 대로라면 무슨 일이 있든 간에 자기감정에 휘둘리지 않고 이성적으로 판단하고 행동하는 사람을 '어른답다'고 하는 걸까? 그렇다면 주변 사람들의 이야기를 잘 들어주고 함께 고민하고 힘들 때 공감하며 곁에 있어주는 감성적인 사람은 어른답지 못한 사람일까? 그건 아닐 것이다.

어른답다는 건 이성적이다, 감성적이다 어느 한 단어로 표현할 수는 없을 것이다. 사람마다 생각하는 것이 다르기 때문에 어느 한 단어로 정의하기는 어렵다. 이처럼 '어른' 혹은 '어른답다'라는 말의 의미는 너무나도 복잡하게 얽히고설켜 있다.

학교 다니면서 가장 많이 들은 말을 손꼽아 보라면 이거다.

"학생이면 학생답게 굴어."

화장을 했다, 치마가 짧다, 수업시간에 떠들었다, 그 밖에도 무수히 많은 이유로 우리는 어른들로부터 학생의 존재를 의심받는다.

학생답다는 건 무엇일까?

단정하게 교복을 입고 시간 맞춰 수업 듣다가 부모님이 끊어준 학원에 가서 공부하다 오면 학생답게 되는 걸까? 개인의 자유를 마음껏 표출하는 학생은 학생다운 게 아닐까?

생각해보면 '…답게, …답다'라는 말은 참 애매하고 어려운 말인 것 같다. 우리는 자라온 환경부터 만나온 사람들, 겪었던 크고 작은 경험까지 모두 다르다. 그런데 어떻게 하나의 일관된 모습으로 우리를 정의하라고 할까?

어찌 보면 "학생답게 굴어"라는 말은 정답이 없는 문제를 보고 풀이과 정까지 자세하게 써서 제출하라는 말과 같을지도 모른다.

여기서 궁금한 게 있다. "학생답게 굴어"라고 이야기하는 어른은 과연 본인은 어른답게, 어른스럽게 살고 있을까? 아마 자신 있게 '나는 어른스러워'라고 이야기할 수 있는 사람은 없을 것이다. 어른들도 정의 내리지 못한 '…답게'를 그보다 아직 인생을 훨씬 덜 살아온 우리에게 적용하여 학생답게 행동하라고 하니 머릿속은 점점 복잡해질 뿐이다.

사랑의 매 그리고 체벌

학교 체육시간에 한 번씩은 다들 경험하거나 보았을 것이다. 수업에 늦었거나, 체조를 똑바로 하지 않았거나, 수업시간에 친구들끼리 싸우면 선생님은 우리에게 벌을 준다. 예전만 해도 선생님 손에는 항상 회초리가 자석과 같이 따라다녔다. 그 회초리는 우리의 엉덩이, 손바닥 혹은 종아리로 향했다. 기억하기로는 학원에서도 틀린 문제 수만큼 회초리를 맞았다. 지금에 와선 이런 생각이 든다.

'왜 아무 말 없이 맞고만 있었을까?'
'왜 조금 틀려서 적게 맞는 것에 기뻐하고 있었을까?'

그 당시에는 체벌이 너무나도 당연하게 여겨졌다.

체벌은 학대나 다름없다는 사회적 인식이 확산되어 학년이 올라갈수록 체벌이 점점 사라지고 있음을 체감할 수 있었다.

학교 선생님들은 학생들이 잘못을 해도 더 이상 혼낼 길이 없으니 새로운 방법을 찾아낸다. 바로 체력단련을 시켜주는 것이다. 운동장을 뛰게 하고, '엎드려뻗쳐' 푸시업을 시키고, 일명 투명의자라는 스쿼트 자세를 취하게도 한다. 잘못을 했을 때 달리기, 푸시업, 스쿼트 자세를 하다 보니 우리는 운동을 할 때도 이런 자세나 행위 자체를 싫어한다. 우리에게는 이미 이런 건 잘못했을 때 하게 되는 행동이라고 뇌리에 박혀 있기 때문이다.

나 역시 위에서 말한 운동을 진짜 운동으로 하기까지는 꽤나 오랜 시간이 걸렸다. 혼날 때 하던 걸 몸이 좋아지기 위해 하는 것으로 바꾼다는 게 쉬운 일은 아니었다.

지금도 여전히 몇몇 학생은 이런 운동 자체를 싫어할 것이다. 여태껏 능동적이기보다는 누군가에 의해 수동적으로 반강제적으로 행했기 때문이다.

좋은 방법은 없을까? 학생들의 잘못을 꾸짖으면서도 푸시업 같은 특정 행동을 잘못했을 때 하게 되는 행동이라고 생각지 않도록 하는 방법 말이다. 모든 조건을 만족시킬 현명한 방법은 잘 모르겠다. 내 기억으로는 '깜지, 빽빽이, 빡지'라고 불렸던 게 괜찮았다. 종이에 공부한 내용을 빼곡히 적는 것이다. 흰 공간이 보이지 않을 정도로 글을 써서 제출했었다. 이런 과제성 벌이 가장 현명한 방법 아닐까 조심스레 생각해본다.

　그 시절 사랑의 매는 이제 보기 힘들지만 여전히 체력단련 같은 체벌은 우리 주변에서 관심을 가지고 보면 쉽게 볼 수 있다. 체벌에 대해서 생각해보자면, 폭력을 가하는 체벌이 아닌 이러한 체벌들까지 규제해야 하는지는 의문이다.

학생인
우리는

우정도 돈이 든다

    고등학생인 우리는 아직은 학생이라 주로 부모님에게 용돈을 받아서 생활을 한다. 간혹 반에서 한두 명 정도는 방과 후나 주말에 '알바'(아르바이트)를 하여 용돈벌이를 하기도 한다.

    알바를 하는 친구들도 자신이 원하는 것을 사고 싶어서 또는 용돈이 부족해서 하는 것이지 대부분은 부모님에게 용돈을 받아 생활한다.

    2020년 기준 대한민국 고등학생의 한 달 평균 용돈은 6만 원이라고 한다. 이건 단지 평균일 뿐이지 대한민국의 모든 고등학생이 6만 원을 받는다는 것은 아니다. 누군가는 그보다 많이 또는 적게 받을 수도 있다. 개인마다 받는 용돈이 제각각이니 여기서부터 차이가 생기면서 머리가 조금씩 아파오기 시작한다.

    시대가 변하다 보니 어느새 우리는 숨만 쉬어도 돈이 나가는 세상에 살고 있다. 우리는 이 사실을 누구보다 잘 안다. 친구들과 시간을 잡아 놀 때 마찬가지로 돈이 필요하다.

집안이 상대적으로 가난한 친구들은 굳이 부모님이 티를 내지 않아도 학교 친구들의 돈 씀씀이와 옷차림을 보고도 자신이 가난하다는 걸 느끼게 된다. 그렇다고 부모님에게 "용돈 좀 올려주세요"라거나 "친구랑 놀러 갔다 올 건데 돈 좀 주세요"라는 말은 눈치가 보여서 잘 하지 못한다.

친구들과 친해지려면 밥도 먹고, 카페도 가고, 게임도 하고, 화장품 가게도 들르면서 친해져야 하는데 이미 주머니 속 돈은 바닥이 나 있다. 놀 때마다 친구들 돈을 빌릴 수는 없으니 하는 수 없이 집에 있겠다고 하거나, 자존심에 없는 약속을 만들어 내기도 한다. 그러다 보면 어차피 돈이 없다는 걸 알게 되어 친구들은 놀 때도 더 이상 부르지 않는다. 언제부턴가 가슴속 한구석에는 열등감이 자리한다.

'끼리끼리 논다'는 말은 자연스레 이런 데서 나오기 시작한다. 우정은 돈으로 살 수 없다. 하지만 우정에도 여전히 돈이 든다.

인스타그램 속 사람들

인터넷이 발달하면서 사람들은 자신의 일상을 SNS를 통해 사람들과 공유한다. 이런 게 최근에 일어난 일은 아니다. 아주 오래전부터 SNS는 서서히 진화해왔다. 싸이월드에서 일촌 개념으로 지인들을 묶었고 도토리를 구매해 미니홈피 배경화면을 꾸몄다. 싸이월드는 네이트온과 연동돼 채팅 기능을 더했다.

그러다 초등학교와 중학교 사이 카카오스토리가 큰 인기를 끌었고 점차 페이스북, 트위터로 이동하다가 현재의 인스타그램이 SNS계의 정점을 찍고 있다고 볼 수 있다.

인스타그램 속 사람들이 올리는 게시물을 보자. 값비싼 차를 촬영한 사진, 럭셔리한 호텔에서 찍은 사진, 두 달 동안 꼬박 아무 데도 돈을 쓰지 않고 모아야 겨우 살 수 있는 비싼 명품 사진 등등. 이런 걸로 재력을 과시하며 다른 누구보다 행복하게 지내고 있다고 게시물을 통해 간접적으로 말하고 있다.

겉으로 보기에는 그 누구보다 행복해 보이는 이 사람들. 실제로도 부족함 없이 매일이 행복으로 가득할까? 인스타그램에서의 인기는 팔로워 숫자가 많은지 아닌지에 따라 구분할 수 있다. 팔로워가 많으면 여러 곳에서 제품을 홍보해달라며 협찬도 들어온다. 한마디로 팔로워 수가 인스타그램 속 이 사람의 인기를 좌우한다.

이들은 팔로워 수를 늘려 본인이 인기가 많다는 걸 사람들에게 과시하고 싶어한다. 욕심 탓에 본말이 전도되기도 한다. 예를 들면, 돈을 주고 팔로워를 산다. 놀러 가는 게 아니라 게시물에 올릴 사진을 위해 간다. 맛있는 음식을 먹기 위함이 아니라 맛있는 음식을 게시하기 위해 간다.

이렇게 본래의 목적과는 조금(?) 다른 목적으로 팔로워를 늘리기 위해 노력한다. 그렇게 본다면 인스타그램 속 사람들이 정말로 행복할까? 조금 의문이 든다. 단지 남들에게 행복해 보이기 위한 삶 아닐까?

이런 생각이 든다. 내가 행복해서가 아니라 행복해 보이기 위해서 행동하는 것은, 마치 전 이성친구의 결혼식에 가서 행복한 척, 잘 사는 척 보이기 위해 동료를 부탁해 연인인 척 연기하는 사람처럼 안쓰럽다.

어느 순간부터 내 삶의 주체가 내가 아닌 남이 되어가는 건 아닐까? 언젠가는 현실세계 속 나와 인스타그램 속 나의 이중적인 모습에 나 자신을 잃어가며 현실이 아닌 가상의 공간 속에 더욱더 내 몸과 마음을 내던지지 않을까 무섭다.

서로의 일상을 공유하고 웃는 것은 좋지만, 그 목적이 변질되어 가상의 공간 속 사람들에게 나를 맞추어 가며 행동해서는 안 된다.

만약 가상의 공간 속에 빠져 있다면 지금이라도 진짜 나를 찾기 위해 조금 더 깊이 생각해보아야 하지 않을까?

연인과 사귀다 보니
친구가 없어

친구들과 약속을 잡고 놀 때 보면 도중에 한 명씩은 전화를 받고 미안하다며 먼저 자리를 뜨는 경우가 있다. 누구에게 전화가 와서 그렇게 갑자기 가는지 물어보면 십중팔구는 여자친구 또는 남자친구에게 전화가 와서 만나러 간다고 한다. 그 자리에 남아 있는 우리는 그 모습을 보며 옆구리가 시리기 시작하고 누군가 나를 애타게 찾고 있다는 게 마냥 부러울 뿐이다.

요즘 SNS를 보면 게시물마다 '럽스타그램'이라는 해시태그를 달고 연인과 함께한 사진을 올리는 친구들이 있다. 그 친구들은 겉으로 보기에는 전혀 고민이 없어 보이고, 고민이 있다 하더라도 오늘은 연인과 어디를 같이 갈지, 무슨 음식을 먹을지와 같은 행복한 고민만이 존재할 거라고, 연애를 하지 않는 우리는 생각한다.

그러나 막상 연애하는 친구들의 이야기를 들어보면 사뭇 다른 의견을 보인다.

"커플일 때보다 솔로일 때가 정말 훨씬 편하다니까. 어디를 갈 때마다 간다고 보고해야 하고, 애들이랑 날 잡고 다 같이 놀러 한번 가려 해도 여자친구가 안 된다고 하면 못 가고. 나 빼고 전부 다 가는데. '이번에는 가기 힘들 것 같다'고 말할 때도 미안해 죽겠다니까. 아주 가끔씩 허락해주기도 하는데 놀러 간 곳에서도 계속 연락을 해야 해. 옆에 있는 너희는 폰 만지지 말라 하고, 여자친구는 왜 연락 안 하냐고 도중에 전화 오는데 양쪽에서 뭐라고 하니까 가서도 마음껏 놀지도 못하고 돌아오게 된다니까."

이보다 심한 상황은 바로 학기 초부터 연애를 하는 경우다. 학교에 오자마자 새롭게 만나게 된 친구들과 이야기를 섞어보기도 전, 연애부터 한 것이다. 사귀고 있을 때는 남들이 보기에는 그저 부러움의 대상이지만, 문제는 헤어지고 나서다. 헤어진 후 주위를 둘러보면 그간 연인과 함께하는 데만 시간을 쓰다 보니 친구를 사귀지 못해 주변에 친구가 없다고 한다.

이게 참 딜레마다. 커플은 솔로를 부러워하고, 반대로 솔로는 커플을 부러워한다.

우리는 모두 우리가 누리지 못하는 것을 아쉬워하고 남이 누리고 있는 걸 부러워하며 살고 있다.

무엇보다도 중요한 것은, 연애를 하지 않는 우리에게 그런 고민은 어찌 보면 그저 가진 자의 배부른 소리일 뿐이라는 거다.

엄마라는 이름 앞에 붙은 청소년

　성욕은 인간의 3대 욕구 중 하나다. 그렇기에 10대도 물론 성욕을 지니고 있다. 오히려 가장 혈기왕성한 때고 한창 성에 눈을 뜰 시기로 20대와 비교해도 지지 않을 정도다. 문제는 10대는 아직 미성년자라는 것이다. 미성년자는 법적으로 숙박업소 출입이 불가하다. 그래서 이들은 주로 서로의 집, 룸카페, 심하면 아파트 계단이나 옥상에서 사랑을 나눈다.

　단지 한 번의 쾌락을 느끼기 위해, 평생 책임져야 할 하나의 생명체가 태어날 수도 있다는 가능성을 두고 이들은 위험천만한 사랑을 나눈다. 알다시피 이것은 결코 가벼운 일이 아니다. 혹여나 임신이 되기라도 한다면 상황은 더욱 복잡해진다. 한 생명을 책임지기에는 어린 나이에 임신을 했으니 부모님에게는 어떻게 말을 해야 할지, 배는 불러오는데 학교는 어떻게 가야 할지 두려움이 휘몰아친다. 이런 상황에서 사랑을 함께 나눈 남자친구마저 행적을 감추고 무책임하게 도망가버린다면 그 누구에게도 마음 놓고 편히 말할 사람이 없다.

임신했다는 사실을 집에 알리게 되면, 가족 반응 중 38.1%는 낙태나 입양을 권하는 것이라고 한다. 한 생명을 책임지기에는 너무나도 어린 나이라는 걸 다들 너무나도 잘 안다. 그렇기에 십대에 사랑을 나눌 때는 그 어느 때보다 더욱 신중해야 할 것 같다. 많은 어른은 이런 모습을 보고 철이 없다며, 생각이 짧다며 비판의 눈초리를 보낸다. 그러나 마냥 십대를 철이 없다고 봐서는 안 될 것 같다.

최근 들어 유튜브, SNS를 보다 보면 10대 엄마들의 #육아스타그램 게시물들을 과거와는 달리 많이 만나볼 수 있다. 이들은 아기와 함께하는 일상을 사람들과 공유하며 성장일기를 써 내려간다. 비록 같은 나이를 보내고 있다 하지만 한 아이의 엄마, 아빠로서 십대라고 하기에는 믿기 힘들 정도의 책임감을 가지고 생활한다. 아마 그 누구보다 인생의 중대 기로에서 큰 용기를 가지고 내린 선택이었을 것이다.

이들의 선택을 응원하는 사람이 있는가 하면, 한편으로는 이들을 향해 부정적인 시선을 보내는 사람 역시 존재한다.

"철없이 행동하니까 지금 저렇게 고생하는 거지. 애는 무슨 잘못이야."

나는 오히려 이렇게 말하는 사람들에게 묻고 싶다. 당신은 철없는 행동을 했다고 해서 살아 심장이 뛰는 생명을 보고도 모른 체할 것인가?

젊은 엄마들이 꼭 후회로만 가득한 인생을 보내고 있다고 생각하는 것은 큰 착각이다. 30대, 40대 엄마들이 애를 더 잘 키운다는 보장도, 젊고 어린 엄마들에 비해 더 행복하다는 보장도 없다. 그러니 단지 어리다고 무시하고 비아냥거리며 보지 말고, 부디 한 아이의 엄마라는 생각으로 이들을 바라봤으면 좋겠다.

적어도 이들은 자신의 행동에 책임을 지고 있으며, 생명의 소중함을 알고 있으니.

그 시절의 감자는 어디로

동네 놀이터에는 수많은 아이들 속 '감자'가 존재한다. 눈 감고 술래잡기를 해도 감자라 눈을 뜨고 술래를 할 수 있고, 술래에게 잡혀도 술래가 되지 않는 감자 말이다. 보통 게임을 하다 인원수가 맞아떨어지지 않으면 잘하는 친구들이 뽑히고 마지막으로 남은 사람은 어느 팀에도 들어가기가 애매하니 자연스레 오늘도 감자가 된다.

생각해보면 그 시절이 참 좋았다. 그때를 떠올려보면 왕따가 없었다. 왕따라는 말은 생각해보지도 못했다.

우리가 저학년이어서, 아무것도 몰랐으니 그랬던 걸까? 그것만은 아닐 것이다. 그 시절의 순수함이 자연스럽게 우리를 이끌고 있었던 게 아닐까. 시간은 누구에게나 공평하게 흐르니 이 감자들과 주위 친구들도 한 살씩 더해져간다. 어느 순간부터 학교에서는 왕따, 학교폭력이라는 이야기가 나온다. 더 이상 감자라는 말도, 감자와 함께했던 술래잡기도 이제는 머릿속 한 장면으로만 기억되고 있다.

이제 감자 곁에는 '우리'가 없다. 그 시절 감자는 지금쯤 잘 지내고 있는지, 아니면 여기저기 시퍼런 멍이 들어 있는 건 아닌지 괜스레 걱정을 해본다.

매스컴이 발달하면서부터 어느 순간 감자라는 말은 사라지고 저학년들에게 물어봐도 그 뜻을 알지 못한다. 이제 감자는 더 이상 찾으려야 찾을 수 없고 단지 우리의 추억 속에만 고스란히 존재한다. 돌이켜보면 그때가 참 좋았다. 아무리 덩치가 크든 작든 누구 하나 따돌리지 않고 옹기종기 놀던, 왕따는 없지만 감자는 있던 그 시절 말이다.

약하고 운동과는 전혀 거리가 멀었던 우리의 감자들. 우리의 감자는 어디로 갔을까? 건강히 잘 지내고 있을까? 어디선가 싹을 틔우고 꽃을 피우면 좋을 텐데……

이제는 다시 돌아가고 싶어도 그러지 못한다. 시간은 우리를 기다려주지 않는다.

그 시절 감자로 살아간 이들에게 말해주고 싶다. 여기까지 오느라 굉장히 고생 많았다고.

선배놀이

인간은 사회적 동물이라고 말하듯이, 학생들 또한 누가 가르쳐주지 않아도 자연스럽게 사회적인 것들을 배운다. 대표적으로 초등학교 때 언니, 동생 하며 친하게 지내자고 하는 '양맺기'라는 것을 볼 수가 있다. 양(養)이라고 하는 것은 사전적으로 '직접적인 혈연관계가 아닌'의 뜻을 더하는 접두사다.

겉으로 봐서는 좋은 취지인 것 같지만 양을 맺게 된 후배들에게는 양을 맺는다는 게 꼭 좋은 것만은 아니다.

양(養)을 맺으면 우선 아는 선배가 많아진다거나 친구들 사이에서도 부러움의 대상이 되기도 한다. 그러나 양을 맺게 되면 그날부터 연인관계에서 사귄 날짜를 매기듯 양을 맺은 날짜를 세기 시작한다. 그리고 100일, 1주년처럼 기념일이 되면 후배들은 양을 맺은 선배를 위해 선물을 준비한다. 그 돈은 당연히 부모님을 통해 받은 용돈이다. 기념일이 다가올수록 이들의 부담은 커져만 갈 뿐이다.

그렇다고 선배가 양을 맺자는 제안을 했을 때 거절하는 것은 이들에게 더 큰 부담이다. 그때부터 학교생활이 꼬이기 시작한다. "개념이 없다", "학교생활 편하게 하기 싫은가 보다" 이런 소리를 듣게 되니 어쩔 수 없이 양을 맺게 된다.

고작 한두 살밖에 차이가 안 나지만 그 나이 때는 부모님보다도 무서운 게 바로 이들이다. 지금 생각해보면 이런 선배놀이는 그저 '똥군기'로밖에 보이지 않는다. 그러나 이런 똥군기가 초등학교에만 있다고 생각한다면 큰 오산이다. 일반 인문계 고등학교에는 잘 없지만 예술고등학교나 체육고등학교에서는 이보다 더 심하게 나타난다.

예술고등학교에 재학 중인 혹자는 온갖 청소부터 시작해 인사를 하지 않는다는 이유로, 치마가 짧다는 이유로, 똥머리를 했다는 이유로 선배들에게 불려가 훈계를 듣기도 했다고 한다.

이런 선배들의 행동에 반항하면 할수록 본인에게 좋을 게 없으니 그냥 참고 지내는 게 지금의 현실이다. 재밌는 사실은 '내가 선배가 되면 저러지 말아야지' 했던 행동들을 시간이 지나면서 '요즘 애들은 예의가 없다'라든지 '나 때는 말이야'와 같이 '라떼'의 달콤한 유혹을 참지 못한 채 나도 그 라떼를 입에 물고 있다는 것이다. 역시 인간은 사회적 동물이다. 주어진 상황에 너무나도 잘 적응하는 것을 보면 말이다.

어른들은 모르는 우리의 이야기

신분사회 하면 조선시대를 떠올리게 되지만, 오늘의 학교 역시 보이지 않는 계급이 존재한다. 우리는 이것을 크게 일진, 평범, 진따 세 가지로 구분 짓는다. 흥미로운 사실은 이 일진들 사이에서도 역시 계급이 존재한다는 것이다. 겉으로 보기에는 같은 친구처럼 보여도 분명한 권력관계와 서열이 정해져 있다.

미운오리새끼가 다른 오리들 사이에 끼고 싶어했듯 단지 무리에 끼고 싶은 욕구 하나로, 다른 친구들의 관심을 받기 위해 맞으면서까지 웃는 경우도 많다. 노는 애들에게 잘 보이려고 온갖 수치와 모욕을 뒤집어쓰는 것쯤은 기꺼이 감수한다.

이들은 등교 자체를 하지 않거나 등교를 하더라도 학교에서 소란을 피운다. 열정 넘치는 선생님이 아니고서는 대부분의 선생님은 이런 학생들을 포기하고 만다. 교사는 학생을 바른 길로 인도해야 하지만 교사 역시 사람이라 한계가 있기 마련이다.

자연스럽게 그 누구도 이들의 얘기를 들어주지 않게 되고 반항심은 더욱 커져만 간다. 심한 경우 이들은 가출, 절도, 성매매 등에 마다하지 않고 뛰어들기도 한다.

그러나 처음부터 이 친구들이 말썽을 부리고 온갖 사고를 치고 다닌 걸까. 그건 아닐 거다. 나는 태어나면서부터 나쁘게 태어난 사람은 없다고 생각한다.

가정폭력, 가난 등등 어쩔 수 없이 이렇게 될 수밖에 없었던 그들의 이야기가 존재할 것이다. 안타까운 현실은 "그래봤자 학교폭력 가해자인 일진들 아니냐" 하며 귀를 닫기 시작하다 보니 아무도 그들의 이야기를 듣지 않으려 한다는 것이다.

관심을 갖고 귀를 열기도 전, "이런 애들은 소년원에 보내야 한다"는 말부터 하고 본다. 그렇다면 어른들은 아무 잘못이 없고, 오롯이 잘못된 행위를 한 이 친구들만이, 깨진 거울처럼 날카로운 비난과 비판의 시선 속 대상이 되어야 하는 걸까? 이런 상황에 놓이기 전, 그 시간에 과연 어른들은 무엇을 하고 있었을까?

어쩌면 이 모습들은 어른들의 무관심 속에서 보이지 않게 서서히 만들어진 결과물이 아닐까 하는 의심이 든다.

사랑이라는 단어 속 숨겨진
검은 그림자

데이트 폭력은 연애관계 중에 그 상대를 대상으로 한 신체적, 언어적, 성적 폭력을 뜻한다. 이 데이트 폭력은 어른들 사이에서만 일어나는 것이 아니다. 십대들 사이에서도 발생한다. 이성교제를 경험하는 청소년이 늘어남에 따라 청소년들의 데이트 폭력 역시 증가하고 있는 것이 현실이다.

남자친구 외에 다른 남자와 연락했다는 이유로, 헤어지자는 말을 입 밖으로 꺼냈다는 이유로 주먹이 나간다. 표정이 돌변해서는 벽에 밀치고 발로 차고, 옷깃을 잡고 여기저기 끌고 다니기도 한다.

더 무서운 건 다음 날 학교에 갔을 때 이상한 소문이 돌기 시작하는 것이다. 맞았다는 이야기보다 "쟤 남자친구 있으면서 다른 남자랑 연락하고 잤다더라", "걸레다" 등의 소문이 먼저 퍼진다.

소문의 당사자는 억울하지만 전 남자친구가 두려워 아무 말도 하지 못하고 떨고만 있을 뿐이다.

또 한 가지 안타까운 경우는 주변에서 보기에는 연인 간의 사소한 다툼이라고는 전혀 볼 수 없는 명백한 데이트 폭행인데 정작 당사자는 그것을 느끼지 못할 때다. 만날 때마다 몸에 멍이 하나씩 더 생겨서 오는데도 오히려 "평소에는 엄청 잘해준다", "내가 잘못해서 그런 거다"라고 말하며 남자친구를 변호한다.

문제의 심각성을 모르고 있는 당사자를 보면 주변 친구들은 정말이지 답답하기 그지없다. 본인이 바뀔 생각을 해야 하는데 변할 생각이 없으니 말이다.

연인과의 사이에 주먹이 오가거나, 욕설이 오간다면 그건 단지 사랑싸움이 아닌 사랑의 그림자 속에 숨겨진 폭력일 뿐이다.

하루빨리 그것이 폭력임을 느낄 수 있도록 도와주고 누가 뭐라 해도 끝까지 그 친구를 믿어주는 것만이 지금의 우리로서 해야 할 일인 것 같다.

사장님,
학생이라고 이러시는 거예요?

    앞에서 말했듯이 반에서 한두 명 정도는 아르바이트를 하며 돈을 벌고 있다. 청소년이 하는 알바로는 패밀리 레스토랑의 서빙, 주방보조가 주를 이루고 이밖에 편의점, 카페, 전단지, 앱테크 등이 있다.

    앱테크는 애플리케이션(App)과 재테크(Tech)의 합성어로, 스마트폰 앱을 활용해 돈을 버는 새로운 재테크 방식이다. N잡을 추구하는 MZ세대가 꾸준히 관심을 보인다. 광고를 보거나 미션을 수행하면 일정 부분 적립금을 주는 앱들을 깔아 적립금을 모은 뒤 현금으로 계좌이체하거나 기프티콘, 상품권 등으로 교환하는 식이다. 스마트폰만 있으면 어디서든 간단하게 재테크할 수 있는 것이 특징이다.

주변 친구들이 일을 해 직접 돈을 벌어 원하는 것을 사는 모습을 보면 "나도 알바나 지원해볼까?"라는 생각을 해보게 된다. 몇몇은 거기서 더 나아가 휴대폰에 알바 지원 어플을 깔아 청소년이 일할 수 있는 곳을 찾아본다.

그러나 몇 번 검색을 하고 직접 전화를 해보면 알겠지만, 생각보다 청소년이 할 수 있는 일자리가 몇 안 된다는 걸 실감하게 된다. 연령무관이라고 쓰여 있다 하더라도 막상 전화해보면 대부분은 "우리 가게는 미성년자 안 뽑아요" 하고 지원하기도 전에 거절당한다. 이럴 거면 글을 올릴 때부터 연령제한을 두었으면 얼마나 좋았을까. 괜히 서로의 시간만 빼앗아가는 셈이다.

힘들게 자리를 구해 출근한다 하더라도 막상 일을 하다보면 세상에는 어른의 탈을 쓴, 몸만 커져 버린 어른아이가 많다는 걸 몸소 느끼게 된다. 물론 좋은 사장을 만나 재밌게 일하는 이들도 있긴 하지만, 대부분은 사장으로부터 소위 갑질을 당해가며 일을 하고 있는 게 지금의 현실이다.

"너는 어려서 일을 잘 못하니까 돈을 적게 받는 게 맞다."

"5분 지각했네. 한 시간 알바비 삭감이다."

"너 아니어도 하고 싶은 사람 줄 선 거 알지?"

"신고하면 너만 손해인 거 알지?"

"머리에 피도 안 마른 게 벌써 돈 밝히지 마라."

"오늘은 손님이 없으니까 돈 조금만 줄게."

이렇게 사장으로부터 부당한 대우를 받아가며 알바를 하고 있는 청소년이 많고, 이들을 이용해 먹으려는 사장들이 많다. 문제는 갑질을 하는 사장은 자신이 하는 행동이 갑질인지도 모르고 여전히 그렇게 행동한다는 것이다.

청소년이 알바를 구하는 것부터가 하늘에 별 따기니 힘들게 구한 자리인 만큼 그저 참아가며 일하고 있다.

우리에게도 인권이 있다. 우리도 집에서 소중하게 자란 아들, 딸들이다. 본인의 자식들이 밖에서 이런 대우를 받고 있으면 부모로서 어떨 것 같은가?

부디 어리다고 무시하는 것이 아니라 우리의 인권도 존중해가면서 일을 시켰으면 한다.

학교 다녀오겠습니다

문득 궁금해졌다. 학원, 집, 학교, 학원, 집, 학교……. 똑같은 일상의 반복인 고등학교 3년, 그리고 열아홉.

지긋지긋하기만 한 이 열차의 종착점에 다다라 사회라는 새로운 세계에 승차할 준비를 하면서 문득 이런 생각이 들었다. 언젠가는 이 열차를 타던 그때를 그리워하며 다시 지금 이 시절로 돌아가고 싶어지는 날이 내게 찾아올까?

군대를 다녀온 대부분의 사람들은 훈련을 받으며 먹던 딸기몽쉘은 잊지 못한다고 한다. 그러면서 훈련이 모두 끝나면 그것을 왕창 사들여 먹겠다는 생각에 한 박스씩 구입한다는데, 막상 사서 먹고 보면 그때 그 맛이 나지 않는다고 한다.

아마 고등학교 생활도 마찬가지 아닐까. 학교 끝나고 편의점에서 친구와 함께 옹기종기 붙어서 나누어 먹던 컵라면, 삼

각김밥. 비록 지금이 그때보다 경제적으로 여유롭지만 아무리 하나를 가지고 혼자 배부르게 먹는다 해도 그때 그 시절만큼의 맛은 나지 않을 것 같다.

사회에 나가서 사람들을 사귀고 만나다 보면 분명 친구보다는 직장동료가 대부분일 텐데 알다시피 직장동료와는 그 시절의 기억들을 함께 추억할 수 없다. 가족보다 함께한 시간이 많았던 친구들이 사라질 때, 그 속에서 느껴지는 공허함과 외로움은 더없이 클 것 같다.

북적이던 등굣길 버스 안, 수업시간에 딴짓을 하던 교실 안, 오전 내내 기다렸다가 달려가던 급식실, 점심 먹고 후식으로 축구, 농구를 하던 운동장. 그곳에 더 이상 내가 없다. 단지 한 편의 사진으로만 그것들을 추억할 뿐이다.

너무 많아서 찾기도 힘든 단체사진 속에서도 교복이 구리다고 말하지만 조금이라도 더 멋있게, 예쁘게 보이기 위해 바지통을 수선하던, 치마를 줄이던 친구들의 모습과 내 모습이 사진을 뚫고 나와 고스란히 전해진다. 교복이 그리워질 때쯤이면 학교가 그리워질까.

학교가 그리운 것일지, 친구들이 그리운 것일지, 그때의 그 느낌이 그리운 것일지 모르겠다. 다만 언젠가는 사무실이 아닌 칠판이 놓인 교실을 그리워하며, 지금 생각해보면 정말 아무것도 아닌 이 사소한 일들이 다시 그 시절로 돌아가고 싶게 하는 매개체가 되지 않을지 조심스레 생각해본다.

가장 가기 싫지만 가장 많이 웃는 그곳, 학교. 지금은 끔찍하게도 가기 싫지만 정말 어쩌다 한 번은 다시 돌아가고 싶은 날이 오지 않을까?

~~~~~~

~~~~~~

~~~~~~

~~~~~~

~~~~~~

제2과

학생과 군인,
그사이 열아홉

나는
누구일까?
학생일까,
군인일까?

열아홉, 그 시작은

　고등학교 2학년은 내 삶에서 가장 소중하고 가치 있는 시간이었다. 전공과목 선생님은 학생들이 수업을 듣지 않으려 할 때면 열심히 준비해오신 수업을 하기보다는 지쳐 있는 우리를 위해 동기부여를 해주셨다.

　"다들 중학교 때 상위권에 속해 있던 학생들 아니야? 지금 수업을 듣고 있는 너희는 이미 안정된 직장이 보장돼 있다는 이유 하나만으로 열심히 하려 하지 않는 것 같다. 너희가 계속 공부했으면 최소한 지방에서 이름 있는 대학교는 나올 정도의 수준은 되잖아. 근데 왜 열심히 하려고 하지 않는 거야!"

　내가 만약 항과고가 아닌 인문계에 갔다면 지금쯤 어땠을까? 공군항공과학고등학교라는 공군에서 운영하는 전국 유일의 항공 분야 마이스터 고등학교에 다니는 나는 모의고사, 수능을 준비하지 않아서 상대적으로 학업에 부담이 적은 편이다.

우리 학교 학생들은 외부 학생들이 공부하는 시간에 대체로 자기계발을 하며 시간을 보낸다. 운동을 하거나 악기를 배우거나 언어를 공부하는 등 각자 관심 있는 분야를 스스로 공부하고 있다. 그에 비해 학교 수업에 있어서는 열정이 조금 부족한 편이다.

1학년 2학기. 과가 나눠진 후로는 과 내 경쟁이 시작되었다. 학생 수가 제일 많은 기계과도 60명을 넘지 않아서 몇몇이 공부를 하지 않는 분위기를 조성하면, 상위권에 있는 소수의 학생을 제외하고는 대부분이 안도하며 공부에 손을 놓아버렸다. 특히 내가 속한 정보통신과는 임관 후 배정받는 특기들에 큰 차이가 없어서 그런 분위기가 다른 과들에 비해 더 심했다. 어느새 우리는 다 같이 손에 쥔 펜을 놓아버리길 시도했다. 그럴 때마다 통신과 선생님은 학생들의 마음을 다잡아주셨다. 지금처럼, 열심히 공부하는 동기들을 바보로 착각하게 만드는 분위기가 형성돼서는 안 된다고 하시면서 말이다.

우리는 마치 중학교 때 성적이 좋았다는 사실 하나만을 가지고 지금의 자기 모습은 바라보지 않는 상태였다.

'나는 지금 뭘 하고 있는 걸까? 내 소중한 시간을 잘 보내고 있기는

　이대로라면 언젠가는 지금을 돌아보며 후회할 것 같았다. 그런 생각이 들고부터 '그래도 난 이런 것을 하며 십대를 보냈다' 하고 자부할 수 있는 것을 찾기 시작했다.

　그렇게 이경창만의 10대의 마침표를 장식할 무언가를 고민하던 중, 한번은 졸업생인 권민창 선배님이 후배들을 위해 강연을 해주셨다. 모교 선배님이었기 때문에 군사훈련을 받고 난 뒤라 피곤했는데도 더욱 관심 있게 강연을 들었다. 선배님은 군인의 신분으로 책을 쓰고 군 내에서 독서모임을 운영하며 병사들에게 독서와 관련된 동기부여를 하고 있다고 하셨다. 강연을 시작하자마자 화면에 과자 '브이콘'을 띄우며 말씀하셨다.

　"여러분은 혹시 좋아하는 과자가 있나요? 저는 어릴 때 즐겨 먹었던 브이콘을 좋아하는데요. 브이콘은 과대하게 포장한 다른 과자들과는 달리 겉은 크지 않지만 속은 가득 채워져 있어서 좋았어요. 오늘 제 강연도 브이콘처럼 겉은 비록 커 보이지 않지만 속은 모자람 없이 가득 채워진 발표가 되었으면 좋겠습니다."

　작은 과자 하나로 모든 학생을 집중시킬 수 있는 강연이 신선한 충격으로 다가왔다. 그때부터였다. 어쩌면 나도 저 선배처럼 책을 쓸 수 있지 않을까 생각하기 시작했다.

매일 제한된 시간에만 핸드폰을 사용할 수 있는 우리는 핸드폰이 없는 밤마다 동기들과 이야기하는 시간을 가졌다. 신은 존재하는가에 대해서부터 시작해 우리가 살아가고 있는 삶이란 결국 어떠한 의미를 가지는지, 우리는 삶의 목표를 어떻게 잡고 살아가야 하는지 등 여러 가지 철학적인 주제를 다루곤 했다.

함께 이야기하는 모두가 19년 동안 살아온 환경이 다르다 보니 다양한 생각과 견해가 존재했다. 그랬기 때문에 이야기를 하면 할수록 매번 새로운 사실을 알 수 있었고, 더 다양한 가치관을 받아들일 수 있었다.

동기 중 한 명인 선재는 열아홉 살인 우리가 지금 하는 이야기들의 주제가 확실히 가벼운 주제는 아니라고 말하곤 했다. 내가 느끼기에도 밖의 친구들과 나눴던 이성문제나 끽해 봤자인 학업문제보다는 생소한 주제들이긴 했다. 그러다 문득 나와 내 친구들이 살아온 조금 남다른 열아홉을 책에 담으면 어떨까 하는 생각이 들었다. 그렇게 나는 학생이자 군인의 신분으로 살아가고 있는 내 10대의 마지막 이야기를 들려주고 싶어졌다.

"누구나 책을 쓸 수는 있지만, 누구나(아무나) 책을 쓰는 건 아니다."

내가 용기를 얻고 글을 쓰기 시작하게 된 계기가 되어준 문장이다. 막상 생각처럼 글을 쓰는 게 쉽지 않았다. 글감이 떠오르지 않을 때마다 한 문장씩 지워나가며 포기하고 싶다는 생각이 수도 없이 들었다. 글을 써본 경험도 없었고, 학교에서 내준 글쓰기조차도 싫어하던 나였다. 하지만 내 이야기를 들려주기 위해서는 글로 써 내려가야 한다. 이렇게 글쓰기를 포기하면 안 된다는 마음이 절실했다.

내 글은 대단한 말들로 장식된 글도, 상대를 헤어 나오지 못하게 몰입시키는 매력적인 글도 아니다. 하지만 내가 살아가고 있는 이 열아홉의 솔직함으로 다가간다면? 책을 읽는 그들의 마음속에 있는 진실한 열아홉을 꺼내줄 수 있지 않을까.

빛나던, 빛나는, 그리고 빛낼 열아홉. 그 모두에게 이 책을 통해 힘이 되어주고 싶다. 지금부터는 학생이자 군인의 신분으로 열아홉을 보내고 있는 나의 이야기를 해볼까 한다.

항공과학고등학교에 들어오다

"쌤, 저 이 학교 가려고요."

담임선생님 책상 위에 놓인 공군항공과학고등학교 포스트잇을 보며 말했다.

"너 여기가 어떤 학교인지 알아? 쉽지 않을 걸?"

내 말에 대한 답변들이었다.

전부터 이 학교를 생각해왔지만, 남들이 보는 것처럼 마냥 쉽게 내린 결정은 아니었다. 다니던 학원의 선생님은 그리 좋지 않은 내 성적을 보며 인문계 고등학교에 가면 경쟁하느라 힘들 수 있다며 내게 이 학교를 추천해주셨다.

수능을 치지 않고 경쟁에 마음 졸일 일 없이 졸업하자마자 안정적인 직장에 다닐 수 있다는 혜택은 내 마음을 사로잡기에 충분했다. 졸업 후 보장된 미래 외에는 아무런 자세한 정보도 없었던 나는 원서를 써서 냈다.

1차 원서를 넣고 2차 시험 공부를 했다. 어느 날, 2차 시험 준비 기간에 친척들이 한자리에 모이게 되었다. 여느 때처럼 안부를 전하다가 내 계획을 들은 큰이모님은 극구 반대하셨다.

"경창아, 사회에서도 대학은 나와야지 무시하지 않아. 그래도 가고 싶다면 차라리 공부를 더 열심히 해서 공군사관학교에 들어가는 건 어떻겠니?"

목표를 잡아 최선을 다해서 하고 있던 공부를 고등학교 때까지 이어 나갈 자신이 없었다. 입시와 수능에 대한 공포와 두려움으로부터 벗어날 곳이 필요했다. 그래서 생각을 굽히지 않고 2차 시험을 준비했다.

2차 시험 당일. 예상보다 문제 난도가 높아 후련하다는 마음보다는 떨어질 수도 있을 것 같다는 생각에 불안했다.

시험장을 나오자 내 표정을 살피던 엄마가 시험은 어땠는지 물어보셨다. 떨어질 것 같다며 속상한 마음에 투정도 부리고 싶었지만, 시험장까지 와서 기다려주신 부모님에게 죄송해서 괜찮게 친 것 같다며 에둘러 말씀드렸다.

집에 돌아와 마냥 주눅 들어 있을 시간조차 없이 혹시나 하는 희망을 가지고 3차 시험 준비를 시작해야 했다. 3차는 체력검정과 신체검사 그리고 면접이었다. 2차 시험과 비교해 3차 시험은 꽤 자신이 있었다. 그리고 마침내 2차 시험 발표 날이었다. 나를 비롯해 친구들과 선생님 등 모두가 떨리는 마음으로 결과를 확인했다.

'합격하셨습니다.'

세상을 다 가진 듯한 기분이었다. 교무실 선생님들도 진심으로 축하해주셨다. 며칠 동안은 결과가 믿기지 않아 수차례 확인 또 확인했다.

마지막까지 최선을 다해 좋은 결과를 얻기 위해 체력을 기르며 전력을 다했다. 수업이 끝나면 매일 운동장을 뛰고 팔굽혀펴기를 했다. 또 진로 선생님을 찾아가 면접은 어떻게 해야 하는지 조언을 듣고 관련 서적도 읽으며 연습했다.

3차 시험은 간절하게 준비했던 만큼 잘 본 것 같았다. 한 달 뒤에 공개되는 최종 결과를 기다리는 동안은 떨리고 걱정돼서 다른 것들이 손에 잘 잡히지 않았다. 초조하기도 했지만, 한편으로는 끝났다는 생각에 마음이 한결 가벼웠다.

마침내 나온 결과는 내 노력을 알아주듯이 합격이었다. 태어나서 처음으로 죽을 만큼 노력했던 기간이 무의미한 시간이 되지 않아서 좋았다.

이유 있는 당당함을 위해서라면

한가로운 오후, 따뜻한 햇볕이 열린 창문 틈으로 들어와서 유난히 조는 학생이 많은 날이었다. 선생님은 한숨을 크게 한 번 내쉬며 말씀하셨다.

"너희가 지금 수업을 받으면서 졸고 있을 때야?! 잘 들어라. 부사관은 네 가지 출신으로 나뉜다. 항과고 출신, 일반 부사후(공군 부사관 후보생) 출신, RNTC(부사관학군단), 전문하사까지.

넷의 학벌을 한번 비교해볼까? 부사후는 대학을 졸업해 지원하는 게 대다수다. 따져보자면 너희는 결국 고졸이고, 다른 부사관 출신들은 대부분 대졸이다. 매년 군 예산을 편성할 때 윗선에 보고하게 되고, 항공과학고등학교를 위한 예산 또한 평가에 함께 들어간다. 국민의 세금을 사용하니까 이 학교가 정말 필요한 학교인지 아닌지 검토를 한다. 필요가 없다고 판단되면 언제든지 없어질 수 있는 게 바로 우리 학교다.

너희는 졸업하자마자 시험을 치지 않아도 장기가 보장되는 등 수많은 혜택을 받을 수 있다. 그래서 우리 학교에만 이런 혜택을 주는 것에 대해 부정적인 시선들도 있다. 다른 부사관 출신들이 장기시험에 합격하기 위해서 얼마나 노력하는지 알고는 있어? 너희는 지금 졸고 있을 때가 아니라, 이들이 불평할 때 학교에서 배운 것들을 떳떳하게 보여주고 이런 불만 섞인 말들이 나오지 않도록 해야 한다고!"

나와 동기들이 이 학교에 들어오기 위해 했던 노력은 배제하고 말씀하시는 선생님에게 의문이 들어 물었다.

"선생님, 근데 저희도 열심히 했어요. 중학교 때 남들 노는 시간에 공부하고 노력해서 이 학교에 들어올 수 있었어요. 저희도 이 자리까지 오는 데 분명 적지 않은 노력을 했고, 남들보다 혜택을 받을 자격이 있다고 생각해요. 단순히 하루아침에 얻은 결과가 아니라고요."

"너희에 대해 불만이 있는 사람들 앞에서 결과도 없이 너희의 노력을 말해봤자 그 과정을 모르는 그들은 그렇게 알아주지 않아. 그건 단지 너희 입장에서 생각했을 때 하는 말이고 결과만이 보여지는 사회에서 다른 이들이 바라봤을 때는 또 다르단 말이지."

머릿속은 복잡한 생각들로 가득해졌다. 학벌만 봤을 때 우리의 최종학력은 고졸이다. 임관 후 자대에 가면 우리보다 계급이 낮은 병사들도 대학교에 다니다 왔고 우리보다 나이도 많다. 그러니 아무리 병사들보다 계급이 높다 하더라도 그들보다 학력이 떨어지고 어리다는 이유만으로 은근한 무시를 받을 수도 있다.

다른 부사관들에게 항공과학고 출신들만 혜택을 받는다는 불평을 듣지 않고 병사들에게 무시받지 않으려면 나 스스로 떳떳할 수 있고 당당해질 수 있는 전문성을 길러야 한다는 생각이 들었다. 임관 후 현실에 안주해 제대로 된 기본지식조차 갖추지 못하고 일한다면 어디서도 환영받지 못할 것이다.

이유 있는 당당함을 위해서라면 그 누구도 불만을 품지 못할 정도의 전문성을 길러야 한다는 것을 느꼈다.

나 자신을 믿을 수 있는 이유

다들 한 번쯤 무언가에 미쳐본 적이 있을 것이다. 나는 지금 재학 중인 공군항공과학고등학교를 준비할 때였던 것 같다.

1차 합격 후 2차 시험을 준비할 때 정말 '여기 아니면 안된다'는 생각으로 공부했다. 그 기간은 학교, 학원, 집 늘 똑같은 일상의 반복이었다. 친구들이 주말에 불러도 "미안. 오늘은 집에서 공부해야 할 것 같아"라며 밖으로 나가서 놀고 싶은 마음을 꾹 참고 거절했다.

방학 또한 예외는 아니었다. 방학 때마다 적어도 한 번씩은 친구들과 시간을 잡고 놀러갔는데 그것도 포기해야만 했다. 그저 열심히 공부하다 쓰러지듯 잠이 들곤 했다.

하루는 집중이 되지 않아 집 앞 편의점에 가서 공부했다. 눈앞의 책에만 몰두하다 보니 어느새 시곗바늘은 새벽 네 시를 향하고 있었다. 공부를 끝내고 집으로 돌아와 누워도 잠은 오지 않았고 정신이 깨어 있는 멀쩡한 시간이 아까운 마음에 어쩔 수 없이 다시 펜을 잡았다. 시간이 조금 지났을까, 창밖을 보니 동이 트고 있었고, 그 순간 묘한 감정이 들었다. '힘들어 죽겠다' 같은 지친 감정보다는 뿌듯함과 성취감이 앞서 느껴졌다.

밤을 새워서 공부한 건 이번이 처음이었다. 이날의 경험은 생각보다 내가 독하다는 걸 알게 된 계기이자, 힘들어 포기하고 싶은 일이 있을 때 다시 도전할 힘을 주는 합리적인 이유가 되었다.

아무리 벅찬 일들이 쌓여 손에 잘 잡히지 않더라도 '공부하면서 밤 샌 적도 있는데 이거 하나 못 하겠어'라는 생각으로 도전할 수 있게 되었다.

누군가 내게 항공과학고 입학시험을 준비했던 것처럼 다시 열심히 할 수 있겠느냐고 묻는다면 쉽게 답하지 못할 것 같다. 다시 돌아간다 해도 그날 밤만큼 열심히 할 자신은 없다.

살면서 한 번쯤은 무언가에 미쳐서 다른 것들은 신경 쓰지 않고 전념하는 경험을 이미 해보았거나 앞으로 할 수 있을 것이다. 그때의 간절함은 알다시피 그 누구도 대신해줄 수 없다. 그러니 그때가 바로 자기 인생의 터닝포인트가 아닐까.

어쩌면 지금 꾹 참고 이거 하나만 이겨내면 앞으로 무슨 일이든 대수롭지 않게 해낼 수 있지 않을까. 그리고 그게 나 자신을 믿을 수 있는 이유가 되지 않을까.

자리가 사람을 만든다

고등학교 1학년 2학기. 내 인생 처음으로 학생회장을 맡았다. 회장을 하고자 했던 중요한 이유가 있었다. 엄마의 자랑이 되고 싶었다. 뭐 하나 내세울 만한 것도, 눈에 띄는 재능도 없는 내가 엄마의 자랑이 되고 싶었다.

적어도 중학교 때는 남들이 자고 있을 밤이나 주말에도 놀지 않고 공부하면 어떻게든 만족할 만한 성적을 받을 수 있었다. 하지만 고등학교는 달랐다. 노력해도 안 되는 게 있다는 걸 뼈저리게 느꼈다.

고등학교 첫 시험, 처참한 점수를 받고 풀이 죽은 채 생활관에 돌아와 엄마에게 전화를 걸었다. 통화 내내 엄마는 괜찮다고, 다음에 잘하면 된다고 나를 위로해주었다. 엄마의 진심이 가득 담긴 위로였지만 나는 하나도 괜찮지 않았다. 노력에 비례한 성적을 받지 못한 내가 한심했다. 나는 애초에 멍청하게 태어났다는 생각에 엄마를 원망하기도 했다.

엄마가 학부모 모임에서 다른 아줌마들의 자식 자랑을 듣고만 있는 게 싫었다. 그곳에서 내 자랑만 하느라 다른 학부모들의 질투를 받아도 좋았다. 엄마도 어디서든 내 자랑을 당당히 할 수 있기를 바랐다. 그 간절한 바람으로 학생회장에 도전했고 운 좋게도 당선되었다.

하지만 회장 자리라는 것이 그리 만만한 자리는 아니었다. 비록 엄마의 자랑이 되기 위해서 한 일이지만, 나를 믿어준 친구들에게 보답하는 길은 내가 그 자리에서 최선을 다하는 것이었기에 어깨를 짓누를 정도의 무거운 책임감이 항상 나를 따라다녔다. 매일 아침 제일 먼저 일어나 방송으로 동기생들을 깨워야 했고, 동기생들이 인사를 하지 않는다거나 보행 태도가 불량하다는 이유로 선배들이 회장인 나를 꾸짖으면 그 자리에서 "죄송합니다"라며 고개 숙여 말할 뿐 그 이상 할 수 있는 일은 없었다.

가끔은 피곤한 나머지 알람소리를 듣지 못해 당직사관님이 나를 직접 깨우러 온 적도 있었다. 그럴 때마다 내가 맡은 자리에서 최선을 다하지 않는 듯한 생각이 들어 스스로가 부끄러웠다. 더 일찍 일어나서 공부라도 해야겠다는 생각에 중국어를 공부했다. 언제 잠이 들었든 항상 새벽 다섯 시에 일어났고 피로는 쌓여만 갔다. 한 달에 한 번 집에 가는 날에도 친구들과 함께 시간을 보내지 못했다. 오직 밀린 잠을 보충하기 위해 침대에 누워 잠만 자다 다시 학교로 왔다.

나는 "왕이 되려는 자, 왕관의 무게를 버텨라"라는 말을 좋아한다.

회장을 하면서 항상 자리에 맞는 사람이 되기 위해 노력했다. 힘들 때도, 포기하고 싶을 때도, 모두를 위해 희생해야 할 때도 많았지만, 회장으로 보낸 시간은 너무나도 소중했고 그 무엇과도 바꿀 수 없는 값진 시간이었다.

임기가 끝나고 무거운 책임감을 벗었다. 그때 동기들이 말해주었다.

"수고 많았어."

"네가 회장일 때가 제일 좋았던 것 같아."

"일 잘하네."

"한 번 더 해보는 건 어때?"

친구들이 건네준 한마디 한마디가 너무 고마웠고 성취감을 안겨주었다.

흔히 자리가 사람을 만든다고 한다. 회장 자리에 오르기 전 매번 조심성 없이 행동했던 나는 이제 없다. 내가 하는 행동 하나하나에 앞서 나를 믿어준 동기들의 뜻을 생각하고, 개인이 아닌 전체를 생각할 줄 아는 눈을 기른 것 같다.

그대의 하루는 어땠나요?

영화 〈어바웃 타임〉의 주인공 '팀'은 시간여행을 할 수 있다. 팀의 아버지 또한 이 능력을 지녔는데, 아버지는 죽음을 몇 주 앞두고 팀에게 행복을 위한 자신만의 능력 활용법을 알려준다.

먼저 하루를 그저 다른 사람들과 마찬가지로 평범하게 보낸다. 그리고 잠이 들기 전 다시 그날의 아침으로 시간을 돌려 거의 똑같은 하루를 살되 처음엔 긴장과 걱정으로 그저 흘려보내기에만 급급했던 세상의 아름다움을 느끼며 사는 것이다.

이때부터 팀에게 시간여행은 과거를 바꾸기 위한 능력이 아닌, 현재를 더 깊게 음미하게 해주는 축복이 되었다.

나는 나의 하루를 어떻게 보냈는지 궁금할 때 스스로에게 묻곤 한다. 오늘 하루를 다시 되돌릴 수 있다면, 그러고 싶은지. 나의 하루에 만족했다면 굳이 되돌리지 않을 것이고, 후회가 남는다면 어떻게든 되돌릴 것이다.

하지만 현실에서 우리에게는 영화 속 주인공 '팀'처럼 시간을 되돌릴 능력 같은 건 존재하지 않는다. 지난 일에 집착해봤자 당신의 어제가 변하지는 않는다. 우리는 단지 오늘 하루를 살아가고 있을 뿐이다. 그저 후회할 일을 하지 않거나, 후회하지 않는 것. 그게 중요하다.

스크린 속의 '팀'도 이것을 깨달았는지, 더 이상 시간여행을 하지 않는다. 메리와 사랑을 하고, 자식이라는 이름의 책임감을 품에 안고, 아버지와 마지막 인사를 나누며 팀은 사춘기 시절 첫사랑을 위해 몇 번이고 시간을 돌렸던 과거의 '팀'과는 다른 성숙한 사람이 된다.

그저 내게 주어진 현재의 시간을 충실하게만 살아간다면, 우리에게 시간여행은 필요치 않다.

과거에 연연하며 후회에 묶여 사는 게 아닌, 후회를 발판 삼아 현재에 충실하며 앞으로의 미래를 준비하는 것. 이것이 우리에게 주어진 숙제다.

그대의 하루를 되돌아보며 자신에게 질문해보는 건 어떨까. 나의 하루는 어땠나?

언어의 온도

유튜브에서 한 스타강사의 용접공 비하 발언 논란이 있었다. 방송 도중 한 시청자가 '수능 가형 7등급과 나형 1등급이 동급'이라는 채팅을 남기자 그녀는 "솔직히 얘기해서 7등급은 공부 안 한 거지 않냐"라며 목소리를 높였다. 게다가 손으로 용접하는 시늉을 하면서 "지이잉"이라고 기계소리를 흉내 내며 "7등급 나오면 용접 배워서 호주 가야 해. 돈 많이 줘"라며 웃었다.

시청자들이 용접공을 비하하는 거 아니냐고 지적하자 그녀는 급히 "여러분, 내가 지금 더워서 헛소리를 하고 있죠"라는 말로 수습하려 했다. 하지만 용접공 비하 발언이 담긴 영상이 온라인 커뮤니티 등을 통해 퍼지면서 비판의 목소리는 점점 커져갔다. 논란이 확산되자 결국 영상은 삭제되었다.

강사 측은 영상 내용 중 일부만 악의적으로 짜깁기, 공유

되었다며 이후 라이브 방송을 통해 절대 직업 비하 내용이 아니었음을 해명했다. 해명에도 '공부 못하면 다른 길을 가라는 의미의 말로 했다고 해도 강사의 전달하는 방식이 잘못된 거다'라며 네티즌들의 비판은 줄지 않았다. 조금만 더 생각한 후에 말을 했더라면 이렇게 원성이 높아지진 않았을 것이다.

강사의 발언은 용접이 무엇인지도 잘 모르면서, 단지 공부를 열심히 하지 않은 사람이 힘들게 용접을 한다는 뜻으로 느껴졌다. 누구나 실수는 하는 법이다. 그리고 설사 실수했더라도 자신의 잘못을 인정하고 마음을 다한 사과를 했더라면 비판의 말들이 이 정도까지 커지지 않았을 것이다.

언어에는 저마다의 온도가 있다. 사람들의 마음을 감싸 안아주고 공감해주며 위로할 수 있는 따뜻한 말. 너무나도 날카로워 스치기만 해도 상처가 날 듯한 차가운 말. 아무 생각 없이 내뱉은 말이 누군가에겐 깊게 박혀 빼낼 수 없는 화살이, 또 누군가에겐 지울 수 없는 흉터가 되어 있을 것이다.

말 한마디는 누군가에겐 진통제가 될 수도 있고, 때론 생사를 오가게 하는 큰 힘을 갖고 있다. 우리가 이 말의 힘을 어떻게 응용할 것인지 항상 신중하게 생각한 이후에 말을 입 밖으로 꺼냈으면 하는 바람이다.

다시 선택해도
공군항공과학고등학교

　가끔 '공군항공과학고등학교에 오지 않았더라면 나는 어떤 길을 걷고 있었을까?' 하는 생각을 해볼 때가 있다. 처음에 입학했을 때는 앞으로 보낼 3년이라는 시간이 너무나도 길게 느껴졌지만, 3학년이 된 지금 돌이켜보니 한여름 밤의 꿈처럼 금방 스쳐 지나가는 시간이었다.

　이곳에 오지 않았다면 남들과 비슷한 길을 걸었을까. 지금쯤 나도 지극히 평범한 열아홉을 보내며 수능을 앞두고 있었을 것이다. 학교, 학원, 집 똑같은 일상 속에 치여 지쳐 있을 것이 뻔하다.

　언제 생각해도 내가 한 선택에 대한 후회는 없다. 가끔 친구들이 대학 입학지원서를 넣고 준비하는 모습을 보면 부럽긴

하지만, 선택의 길에 놓인 그때로 다시 돌아간다고 해도 내 결정은 같을 것이다. 가장 큰 이유는, 세상을 보는 눈을 넓힐 수 있었다는 것이다.

제한된 공간에서 제한된 사람들과 살아가다 보면 시야가 좁아지고, 그로 인해 세상에 뒤처진 채 살아가고 있다고 느끼게 된다. 오히려 나는 그 반대였다. 여기에 와서 비로소 우물 안 개구리에서 벗어날 수 있었다. 공군항공과학고등학교는 전국에서 학생들이 모이다 보니 대한민국 땅끝에서 땅끝까지 다양한 지역에서 온 친구들을 만날 수 있었다. 그리고 다양한 출신들만큼이나 새로운 사실을 많이 접할 수 있었다.

수도권에서 온 친구들 대부분은 인서울을 목표로 대학을 준비하고 있었다. 고향인 대구에 있을 때만 해도 기껏 해봤자 대구에서 제일 좋다는 경북대학교를 목표로 하고 있던 내겐 무척이나 신기한 일이었다. 그런 점에서 수도권의 친구들이 세상을 보다 넓게 보고 있다고 느껴졌다.

또 다른 동기 중 한 명은 공군항공과학고등학교에서 더 나아가 공군사관학교를 목표로 잡고 1학년 때부터 자발적으로 공부를 해나갔다. 남들은 주말에 외출해 PC방에서 게임을 할 때도 홀로 생활관에 남아 공부에 시간을 들였다. 나를 포함한 동기들은 "쟤는 정말 독하다"고 말했다. 나는 그렇게 할 엄두를 내지 못했다.

그리고 3년이라는 시간이 흘러 그 동기는 어느새 공사는 물론 서울대에 지원해도 될 성적까지 맞춰놓았다. 그 동기는 결국 항과고, 공사에서 멈추지 않고 최상위권 대학까지 근접해 있었다. 그 동기는 준건, 준형이와 같은 날 자퇴해 수능 준비를 열심히 하고 있다고 한다. 그런 모습들을 보니 다른 동기들은 꿈을 향해 열심히 달려가고 있는데, 나는 미래가 보장되었다는 한심한 안도감에 싸여 아무것도 하지 않고 있는 것만 같았다. 여러 복잡한 생각이 교차했다. 하지만 이제는 시간이 없다.

야속하게도 내가 가만히 있을 때에도 나의 십대는 끝을 향해 달려가고 있었다.

그럼에도 나의 노력을 담을 수 있는 걸 해야겠다는 생각에 지금 쓰고 있는 책『열아홉의 에세이』를 출간해야겠다고 다짐했다.

아마 내가 항공과학고등학교가 아닌 다른 학교에 다녔더라면 대학진학만을 바라보느라 이런 건 생각조차 할 수 없었을 것이다. '그저 남들이 다 하니까' 하는 생각으로 좋은 대학이라는 껍데기에 눈이 멀어 정작 내가 무엇을 위해 공부를 해야 하는지 답을 찾지 못했을 것이다. 그건 마치 뛰는 이유도 모르는 채 나의 의지에 따른 게 아니라 누군가에게 계속 등 떠밀려 달리는 것과 같다. 이 학교에 와서 내가 뛰는 이유를 알게 되었다. 내가 무엇을 위해 뛰어야 하며, 어떻게 뛰어야 하는지를 알 수 있었다. 만나는 사람에 따라 인생이 달라진다는 말처럼, 내가 홀로 뛰고 있을 때 옆에 다가와주던 사람들 덕분에 다양한 생각을 할 수 있게 되었다.

공군항공과학고등학교를 선택함으로써 모든 걸 얻은 것도 아니고, 아쉬움이 하나도 없는 것도 아니다. 기숙사 생활을 하기에는 어린 나이인데 가족과 함께하는 시간을 잃었고, 엄격한 규정 때문에 작은 행동 하나하나에 늘 신경을 써야 했다.

하지만 기숙사 생활을 했기 때문에 가족의 소중함을 알게 되었고, 나 하나만 잘한다고 되는 게 아니라는 진정한 동기애를 알 수 있었다. 엄격한 규정 덕분에 나의 행동에 책임을 지는 법을 알게 되었고 인내심 또한 기를 수 있었다.

무엇보다 나는 더 이상 실패가 두려워 나아가는 것을 주저했던 예전의 내가 아니다.

학교생활을 통해 나는 진정으로 의미 있는 것이 무엇인지 알게 되었다. 그 진정한 의미는 내가 현재 서 있는 곳이 아닌, 그 곳에 가기 위해 찍힌 나의 수많은 발자국임을 느낄 수 있었다.

누군가 내게 "1학년 때로 돌아가 처음부터 다시 시작하라고 한다면?"이라고 가정의 질문을 던진다면 아마 처음에는 걱정이 앞설 테지만, 그럼에도 나는 이내 망설임 없이 답할 것이다. 다시 선택해도, 이 길을 걸을 거라고.

사람은 고쳐 쓰는 게 아니다

어딜 가나 돈 좀 빌려달라며 연락하는 친구들이 꼭 있다. 평소엔 연락도 하지 않다가 자기 필요할 때만 찾는 친구들 말이다. 처음 돈을 빌려달라는 연락이 왔을 땐 친구니까 몇 번 빌려주었다. 그러나 시간이 지날수록 돌려받을 때도 있지만 돌려받지 못할 때가 더 많아졌다. 돈을 갚으라고 해도 며칠간 연락을 받지 않거나 내일, 모레, 다음 주에 꼭 주겠다며 기한을 미룰 뿐이었다.

이 정도면 양반이었다. 돈을 갚지 않고도 염치도 없이 다음에 또다시 돈이 필요하다며 연락을 하는 친구들도 있었다. 돈을 갚지 않은 친구는 다음에도, 그다음에도 분명 갚지 않을 확률이 높다. 나는 이렇게 여러 번 데이고 나서는 한 번 신뢰를 잃은 친구에게는 절대 돈을 빌려주지 않는다. 빌린 돈을 갚지 않는 사람들 대부분의 심리를 보면, 이 돈이 자신이 갚아나가야 할 남의 돈이 아니라 자기에게 굴러 들어온 내 돈이라는 생각이 강하다.

어느 날, 수업을 진행하던 선생님이 '가재와 개구리' 이야기를 해주셨다.

"가재가 양쪽이 모두 물로 뒤덮인 길에 홀로 남아 갇혀 있었다. 그러다 개구리가 물을 헤엄쳐 가는 것을 보고는 말했다.

'개구리야, 내가 너를 물지 않을 테니 나를 등에 업고 물을 건너가주면 안 될까?'

'너를 등에 업으면 나를 물어 죽일 게 뻔한데 내가 왜?'

이렇게 말하며 개구리는 거절했다.

'정말 너를 잡아먹지 않을게. 믿어줘.'

가재가 호소했다. 그러자 결국 개구리는 가재를 등에 업고 물을 건넜다. 약속대로 가재는 개구리를 물지 않았다. 그러나 물을 헤엄쳐 가던 중 거센 바람이 불자 가재는 놀라는 바람에 개구리를 그만 덥석 물어버리고 말았다. 그렇게 가재를 등에 업은 개구리와 그 등 위에 업혀 있던 가재 모두 물에 빠져 죽게 되었다."

선생님은 이 이야기를 통해 사람의 천성은 쉽게 변하지 않으며, 사람은 고쳐 쓰는 게 아님을 알려주고자 하셨다.

돈을 빌려주고 받지 못한 과거와 선생님의 말씀을 떠올려

보니 사람은 고쳐 쓰는 게 아니라는 내 생각은 더욱 확고해졌다. 나 역시 세 살 버릇 여든까지 간다며 강산은 변해도 사람의 본성은 바뀌지 않는다고 철석같이 믿었다. 그렇게 믿었던 이유는 우리는 여전히 과거의 잘못을 제대로 돌이키지 못한 채 매번 같은 실수를 반복하고 있기 때문이다.

문득 이런 생각이 들었다. 사람은 정말 변하지 않는 걸까? 그렇다면 우리는 번번이 같은 실수와 후회 속에서 살아야만 하는 걸까?

1학년 시절 여동기들과 무척이나 사이가 안 좋던 동기생 한 명이 있었다. 그 당시에만 해도 매번 여동기에 대한 험담만을 내뱉던 동기였다.

하지만 3학년이 되어서는 이전과는 사뭇 다른 모습을 보였다. 남자인 나에게도 힘든 군사훈련을 함께 따라오는 여동기들을 칭찬하는 등 비교할 수 없을 정도로 변한 모습을 볼 수 있었다. 그리고 자신이 험담했던 여동기에게 먼저 찾아가 그때는 내가 미안했다며 진심이 담긴 사과를 하기도 했다.

그러던 어느 날, 그 동기가 여학생에게 사람은 고쳐 쓰는 게 아니라는 말에 대해 어떻게 생각하는지 물었다. 자신도 그간 많은 여동기에 대해 험담을 했던 터라 다시 좋은 관계로 돌아갈 수는 없는 건지 의문이 들었기 때문일 것이다. 여동기는 그의 이야기를 끝까지 듣더니 말했다.

"맞아. 사람은 고쳐 쓸 수 없어. 사람을 고쳐 쓴다는 것은 누군가에 의해 억지로 변화시키려는 거라 생각해. 근데 너는 아니지. 자신이 깨닫고, 스스로 변했어. 너는 고쳐진 게 아니지. 넌 너의 의지로 성장한 거야."

스스로 성장한 동기에게 이 말을 전해 듣고, 복잡했던 생각들이 한 번에 정리되었다.

선생님 말씀처럼 사람은 잘 바뀌지 않는다. 하지만 자신이 스스로 깨우치고 변화하며 '성장'하는 것이다.

그러므로 주위에서는 하루아침에 억지로 사람을 바꾸려 하지 말고, 그 사람이 왜 바뀌어야 하는지 그 이유를 충분히 설명하고 조언하며 자기 스스로 바뀌어야 한다는 걸 깨닫게 해주어야 할 것 같다.

우리가 그런 모습이라면 우리는 지금도, 여전히 성장하는 중 아닐까.

Impossible is nothing

　부사관을 양성하는 이곳을 졸업하기 위해 3학년 때 임관 종합평가를 치른다. 이 임관 종합평가는 졸업 후 완전한 부사관이 되기 위한 마지막 관문인 셈이다. 평가항목으로는 체력, 신체검사, 군인정신(나라와 민족을 위하여 죽음을 무릅쓰고 책임을 완수하는 군인의 마음가짐) 등이 있다.

　체력평가는 윗몸일으키기, 오래달리기, 팔굽혀펴기 세 가지다. 체력평가에 필요한 체력을 기르기 위해 생활관에서 아침 점호 후 매트를 깔고 윗몸일으키기를 연습했다. 아침마다 꾸준히 연습한 결과, 윗몸일으키기는 어느 정도 목표한 결과가 나왔지만, 오래달리기는 주위 사람 모두가 어려워했다.

　나도 예외는 아니었다. 오래달리기는 3km를 정해진 시간 내에 완주하면 시간에 따라 특급, 1등급, 2등급, 3등급으로 등급이 부여되는데, 특급을 맞으려면 12분 30초 이내에 3km를 완주해야 했다. 하지만 기록은 내 맘처럼 따라오지 않았다. 페이스 조절에 실패해 완주하지 못한 날들도 있었고, 완주하더라도 특급에 턱없이 못 미친 날들도 있었다.

체력평가 2주 전, 중간점검이 있었다. 출발선에 서서 "나 오늘 세 종목 모두 특급 받고 말 거야"라고 하자 한 동기생은 내게 "평소에 너 특급 한 번도 안 나왔잖아. 네가 어떻게 특급을 받아?" 했다.

결과로 증명해 보이겠다며 큰소리를 냈지만 결국 이날 특급은 맞지 못했고 내게 불가능하다고 말했던 동기생에게 비웃음의 대상이 되었다. 자존심이 상할 대로 상한 나는 그날 이후로 임관 종합평가 전까지 매일 달리기 시작했다. 달릴 때 어떻게 호흡하는 게 가장 안정적인지, 어떻게 하면 다리와 발에 무리가 오지 않는지 등 달리기에 도움이 될 만한 영상이란 영상은 모조리 찾아봤다.

한창 연습에 몰두하던 어느 날, 온 힘이 빠지는 이야기가 들려왔다. 이번 평가가 등급에 따라 점수가 매겨지는 방식이 아닌 그저 합격, 불합격으로만 나누는 거라서 과락만 면하면 된다는 것이었다. 한마디로 3등급 안에만 들어오면 특급이 나오든 3등급이 나오든 같은 점수를 받는 것이다.

'어차피 통과만 하면 되는데 그냥 1등급 정도만 맞을까? 점수도 아무 의미 없는데 굳이 힘 뺄 필요 없잖아.'

특급을 받기 위해 매일 연습해왔던 나는 깊은 고민에 빠졌다. 그날 밤 샤워실에서 동기인 병현이가 거울에 비친 자신의 몸을 보고 이런 말을 했다.

"나 이제 운동 그만할까? 운동을 해도 전과 달라지는 게 없고 시간만 낭비하는 것 같아."

나와 준건이는 병현이를 격려하며 운동은 꾸준함이니 포기하지 말라고 했다. 막상 말하고 나니, 어차피 점수는 같으니 합격만 하면 된다고 스스로 합리화하던 내 모습이 거울을 통해 비쳤다. 병현이에게는 포기하지 말라 했지만, 막상 나부터 결과가 원하던 대로 안 나오니 포기하려 했으니 말이다. 샤워실에서 한 대화를 통해 다시 다짐했다.

'우선 계속 뛰자. 내가 여기서 포기하면 나는 동기생 말처럼 입만 살아 있는 거고, 남에게 이런 조언을 할 처지조차 되지 못하겠다.'

그렇게 남은 2주간 하루도 빼먹지 않고 다시 달렸다.

평가 당일, 출발선에 올라섰다. 선두그룹이 치고 나가기 시작했지만, 이번에는 무작정 따라가기보다는 평소 내가 연습하던 페이스로 꾸준히 달렸다. 2km 정도 달렸을 때 다시 호흡이

망가지기 시작했고 굳게 다짐했던 마음과 달리 내 몸은 의욕을 잃어갔다. 지금 여기서 포기하면 그간 내가 해온 노력과 내가 들인 시간은 모조리 물거품이 되어버릴 것만 같았다. 그러자 다시 몸에 힘이 들어가기 시작했고 '그냥 뛰다가 쓰러지자'라는 생각으로 달렸다.

한 걸음 한 걸음 내딛다보니 결승선에 도착할 수 있었다. 완주 후 도착 순서대로 번호표를 받았다. 결승선에서 숨을 고르던 내 손에 19번 번호표가 쥐어졌고 완주에 대한 뿌듯함과 함께 초조함이 찾아왔다. 죽어라 뛰었는데도 내 앞엔 나보다 먼저 들어온 사람이 너무 많았다.

결과를 듣고 나서야 비로소 긴장도 다리도 풀렸다. 다행히 그 많은 인원과 함께 특급을 받았다. 스스로가 너무 자랑스러웠다. 그동안 내 최고 기록은 1등급이었는데, 특급을 맞은 건 이번이 처음이라 더 뿌듯했다.

만약 포기하라는 친구의 말을 듣고 뛰는 연습을 하지 않고 평가를 치렀다면 어땠을까? 아마 동기 손에 쥐어진 19번을 보며 부러움만 느꼈을 것이다.

등급에 상관없이 점수는 같은데도 열심히 뛴 건 나를 비웃던 그 친구에게 증명해 보이고 싶어서였다. 해보지도 않고 한계를 짓는 그에게 하면 된다는 걸 보여주고 싶었다.

너무도 당연하지만, 중요한 교훈을 얻었다. 안 되면 될 때까지, 그게 뭐든 하면 된다는 것이다.

앞으로 살면서 우리에게 올려다보기도 벅찬, 넘어야 할 산들이 무수히 많이 찾아올 것이다. 그럴 때 안 된다고 주저앉지 말고, 조금 무모하더라도 도전을 해보는 건 어떨까.

자신의 한계를 뛰어넘는 일. 그것만큼 가슴 뛰는 일은 없다. 힘들더라도 포기하지 않고 달려가줬으면 좋겠다. 그 무엇도 열심히 달리는 그대의 앞을 막을 수 없으니.

즐겁게 달릴 수 있는 방법은 없을까

　　대부분의 학생들이 아침을 거르거나 간단히 배를 채운 뒤 학교 갈 준비를 모두 마치고 대중교통을 이용하거나 친구와 함께 걸어서 등교를 한다. 그러나 우리의 아침은 조금 색다르다. 6시 30분 기상과 함께 점호장에 나와 체조를 하고 편대를 이루어 1.8km를 달린다. 몸에 있는 땀이 식기도 전 식당으로 이동해 아침식사를 하고, 생활관에 돌아와 세면세치를 한 후 학과출장 준비를 한다. 세면세치가 낯선 독자들을 위해 설명하자면 간단히 머리를 감고 세수를 하는 걸 우리는 세면세치라고 부른다.

　　자고 난 후 눈에 붙어 있는 눈곱을 떼기도 전에 아침 뜀걸음을 하는 우리는 아직 잠에서 깨지 못해 비몽사몽한 채 운동장을 뛰게 된다. 눈에서는 이슬이 맺히고 몸에서는 땀이 난다.

대부분이 아침부터 뛰기보다는 달콤한 잠을 희망한다. 그러나 이 아침 뜀걸음은 우리의 하루 일과 중 하나라 특별한 경우가 아닌 이상 모두 편대를 이루어 달리게 된다. 이렇게 수동적으로 달리기를 하다 보니 우리는 아침일과를 제외하고는 달리기를 쳐다보지도 않게 되었다.

총학생회 임원이 된 후 가장 먼저 달리기 프로그램을 만들어 진행했다. 3학년이 되면 임관 종합평가도 보게 되니 미리 체력을 길러놓자는 취지에서 시작한 일이었다. 그러나 마음 한곳에서는 궁금했다. 달리기에 대한 책을 읽어보면 사람들이 함께 크루(crew)를 만들어 달리기를 한다. 사진 속 그들의 표정은 어린아이의 미소를 머금은 것처럼 마냥 밝았다. 우리 역시 마음속 어딘가에서는 달린다는 것에 대한 즐거움을 느끼고 있을까.

나와 지호는 일요일 아침이 되면 노래를 틀고 학교 도로를 30분 가까이 달렸다. 나 같은 경우 내일이면 또 지긋한 월요일이라는 걱정과 함께 일요일 아침을 맞이하고 싶지 않아 그 생각을 잊고자 달렸다. 그런데 이상하게도 아침 뜀걸음을 했을 때와는 다르게 그냥 달리고 있는 지금 이 순간이 즐거웠다.

그렇게 나와 지호는 ARC(Afashs Running Club)라는 러닝 클럽을 만들었다. 달리는 목적은 전부 다르므로 그저 즐거움을 목표로 달리는 클럽, 기록 향상을 목표로 달리는 클럽, 다이어트를 위해 달리는 클럽을 만들어 프로그램을 실행했다.

평일 아침에도 달리기를 하는데 과연 본인의 시간을 또 투자해 달리기를 하고 싶어서 신청하는 사람이 있을까 걱정이 앞섰다. 20명만 되어도 좋겠다는 생각과 함께 시작했다. 그러나 반응은 놀라웠다. 대략 250명이 신청했다. 오히려 신청 인원이 너무 많아 어떻게 관리해야 할지를 걱정해야 했다.

우리는 그저 의무적으로, 수동적으로 달리기를 하다 보니 달리기에 싫증이 났을 뿐이었다. 내가 내 삶의 주인이 되어 능동적으로 행동하고 선택하다 보니 오히려 달리기가 좋아졌다.

그렇다면 지금도 내가 싫어하고, 싫증이 난 무언가가 내 선택이 아닌 의무나 강요에 의해 싫증이 나버린 것은 아닌지 한번 더 살펴봐야겠다.

행복을 위한 과정

　방학에는 주로 봉사활동을 하거나 자격증을 취득하면서 자기계발을 한다. 때때로 동기들 또는 가족과 함께 여행도 간다. 여기서 특이한 점은 학생이면서도 부사관 후보생, 두 가지 신분을 모두 지니고 있다 보니 해외여행을 가려면 여행 7주 전 국외여행계획서를 학교에 제출해 승인을 받아야 한다는 것이다.

　여행의 시작은 영어 수행평가였다. 무작위로 정해진 조원들과 함께 방학에 갈 여행을 계획하고 실제로 다녀오는 것이었다. 보통의 다른 조들은 서울, 대구, 제주도 등 다양한 국내 지역들로 가고자 했다.

　그렇지만 우리 조는 조금 달랐다. 어디를 갈지 고민하던 중 어차피 가는 거 크게 가보자는 생각에 국내가 아닌 해외여행을 계획했다. 그러나 과정이 그리 쉽지 않았다. 계획을 세워도 제한된 시간에만 핸드폰을 사용하는 우리로서는 비행기표를 구하는 것부터가 매우 어려운 일이었다. 괜찮은 표가 있는 웹사이트에 전화를 해봐도 며칠째 부재중만 계속됐다. 더불어 규정상 학생끼리 자유여행이 불가했고, 패키지로 가거나 보호자를 동반해야만 학교의 허가를 받을 수 있었다. 하지만 우리에게는 보호자가 되어줄 사람을 구할 시간이 턱없이 부족했다.

학교생활을 전반적으로 훈육해주시는 훈육관님은 제출 마감 하루 전까지 비행기표도 구하지 못하자 가지 말라고도 하셨다. 모둠원 중 몇몇은 포기하자고 했지만 나는 끝까지 어떻게든 해보고 싶었다. 여기서 나까지 포기한다면 정말 여행이 취소될 것 같다는 생각이 들었기 때문이다.

우선 담임선생님을 찾아가 함께 여행을 가자고 부탁드렸다. 우리와 추억 쌓기를 워낙 좋아하시던 선생님은 흔쾌히 승낙해주셨다. 이제 비행기표만 사면 되는 일이었다. 평소 학과장에는 핸드폰을 들고 갈 수 없었다. 하지만 당시 유일하게 핸드폰 휴대가 허용되는 과제 중점기간이었기 때문에 핸드폰을 가지고 있었다. 나는 과제를 빨리 끝내고 수십 개의 웹사이트를 뒤지며 표를 검색했다. 다행히도 일정에 맞는 표를 운 좋게 발견했고 바로 전화를 걸어 예매를 한 후 함께 기뻐하며 우리의 여행을 확신했다.

그렇지만, 훈육관님은 규정상 부모나 친척이 아니면 보호자가 될 수 없다고 하셨다. 이제 모든 일은 우리 손을 벗어난 상태였다. 수행평가를 담당하시던 영어 선생님이 발을 동동 굴리며 온종일 표를 구하던 우리를 보시고는 너무나도 간절했던 우리의 마음을 교장님에게 찾아가 전달 드렸고, 최종 승인권자인 교장님이 흔쾌히 승낙해주셨다. 그렇게 동기들과 함께하는 생애 첫 해외여행을 갈 수 있었다.

　　훈육관님이 여행을 가지 말라고 하시던 날, 우리가 계획했던 여행을 만약 포기했더라면 학교 친구들과 함께하는 해외여행은 꿈도 꾸지 못했을 것이다.

　　엄마는 항상 내게 말씀해주셨다.

　　"아들아, 결과는 중요하지 않아. 다만 네가 그것을 준비하는 과정에서는 받을 결과에 대해서 후회가 없을 정도로 최선을 다해야 해."

　　여행을 준비하면서 포기하지 않고 내가 할 수 있는 선에서 최선을 다했기에 내 평생 잊지 못할 경험을 할 수 있었다.

나태함과 함께 돌이켜 보는 초심

"초심을 잃는 순간, 사관생도들은 여러분만의 특별한 가치를 잃게 됩니다. 일반 대학생들과 다를 바 없는 존재가 되는 겁니다. 여기 있는 생도들의 힘없고 타성에 젖은 눈빛은, 이곳에 여러분을 가르치러 오는 것 자체를 보람으로 여기는 저를 너무나 슬프게 합니다. 이곳에 들어오던 첫날 첫 발걸음, 첫 숨소리, 첫 마음가짐을 잃지 말아야 합니다. 우리 국민들이 여러분에게 거는 기대를 생각하고 여러분의 정신상태, 마음가짐을 다시 한번 다잡으세요. 그리고 실천하세요."

사범님께서 몇 주 동안 참고 참으시다가 하시는 말씀에 얼굴이 화끈거렸다. '올챙이가 개구리 되는 것은 생각하지만, 개구리는 올챙이 적을 생각하지 못한다'는 말이 떠오르면서 생도 생활에 완전히 적응해서 정말로 초심을 잃고 지내는 것은 아닌지, 머리가 다 컸다고 현실에 머물며 안주하는 것은 아닌지 반성하게 되었다.

- 김세진, 『나를 외치다』 중에서

3학년이 되고 어느 정도 학교생활에 적응하다 보니 매사에 긴장을 늦추지 않고 있어야 했던 1학년 때와 비교해 생활이 많이 편해진 걸 느낀다. 주변의 터치도 심하지 않고 교관, 훈육관님들도 3학년이라는 위치를 인정해주시니 조금 더 편한 학교생활을 즐길 수 있었다.

1학년 시절의 다짐이 '할 땐 하고 놀 땐 놀자'였는데 3학년을 즐기기만 했더니 해야 할 때마저 놀게 되는 일들이 생겨나기 시작했다. '부끄럽지 않은 선배가 되자. 목표했던 것들을 이루자.' 이런 과거의 다짐들은 학년이 올라갈수록 희석되었다. 점점 무얼 하든 귀찮아하고 쉽게 포기하게 되었다.

"다른 건 다 필요 없고 폰 풀어주세요." 그저 핸드폰의 노예가 되어 아무것도 하지 않으려는 우리의 모습을 볼 수 있었다. 우리의 1년 선배 기수까지만 하더라도 졸업 후 기본 군사훈련, 특기교육까지 끝마치면 각자 희망하는 자대를 성적순으로 선택할 수 있었다. 하지만 우리 기수부터 성적순이던 자대 결정권이 무작위로 바뀌면서 "공부 열심히 하면 뭐해. 어차피 성적이랑 자대는 상관없는데"라며 몇몇은 공부에 손을 놓기도 했다.

우리는 알면서도 서서히 나태해지고 있었다. 주위 선배, 선생님 할 것 없이 우리의 이런 무기력한 모습을 보시면서 좋은 능력들을 아무 의욕 없이 썩히는 것만 같다며 안타까워하셨다. 3학년이 되면 학교생활에 완전히 적응했다고 지금 상황에 안주하는 것이 아니라 곧 다가올, 생각보다 각박한 사회와 현실에 대비해 도전적인 자세로 내게 주어진 일들을 해나가야 하는 것 같다.

3학년은 학교의 주인이나 다름없다. 학교의 주인이 이렇게 먼저 무기력한 모습을 보인다면 우리를 보고 배우며 성장할 후배들은 무엇을 얻어 갈 것인가? 후배들을 위해서라도 매사에 최선을 다하는 모습을 보여야 했다.

그리고 내가 학교에 오면서 했던 다짐들을 되새겨보며 현재의 모습은 어떤지, 처음 했던 다짐들을 잘 실천하고 있는지 끊임없이 질문해봐야 할 것 같다.

아직은
나도
어린데

골프채의 의미

　　중간고사가 끝나고 가벼운 마음으로 오랜만에 집으로 향했다. 비밀번호를 누르고 들어가니 현관에 못 보던 골프채 가방이 있었다.

　　"엄마, 현관에 골프채 뭐야?"

　　"어, 이번에 엄마가 새로 산 거야."

　　"엄마 요즘 골프 배워?"

　　"어, 동네 아줌마들이랑 같이 골프장 등록해서 배우고 있거든."

　　엄마께서는 항상 일만 하시느라 엄마만의 시간이 없으셨다. 드디어 엄마에게도 골프라는 취미가 생긴 것이다. 취미가 생겼다기보다는 금전적, 시간적 여유가 생겼다고 볼 수 있다.

　　누나들 대학등록금부터 시작해 내 학원비, 하루 세끼도

모자라 야식까지 챙겨 먹는 식비, 용돈, 교통비 등 모두 쥐여주고 나면 정작 본인에게 써야 할 돈은 뒷전이었다. 우리가 원하는 걸 먼저 해주고 싶었던 그 희생이 가장 큰 이유였음을, 우리는 알고 있었다. 큰누나는 이미 사회로 나가 돈을 벌고 있고 나도 공군항공과학고등학교에 들어온 이후부터는 의류비, 식비, 용돈 등 모든 비용을 학교에서 지원받게 되어 엄마의 부담을 조금이나마 덜어줄 수 있었다.

엄마는 학원비며 등록금이며 나를 위해 얼마든 기꺼이 지원해줄 수 있는데 엄마를 생각해 내가 대학에 가는 것을 포기하고 공군항공과학고등학교에 간 것 같다며 미안해하기도 한다.

하지만 엄마가 이 책을 펼친 그 순간부터라도 그런 생각은 더는 하지 않았으면 좋겠다. 내가 이 학교에 온 이유는 공부하지 않고도 안정적인 직장을 얻고 싶어서지 경제적인 이유가 아니다. 좋은 친구들을 만나 십대의 마지막을 함께 보내며 추억을 쌓을 수 있었기에 너무 만족하며 다니고 있는 학교다. 어느 고등학생이 학생 때 친구들과 유럽여행을 꿈꾸고 그 꿈대로 유럽에 다녀올 수 있겠는가? 정말 내게는 너무나 과분했던 3년이었음을 믿어 의심치 않는다. 또 꿈을 향해 달려가는 친구들을 보며 스스로에게도 동기부여가 되었다. 이 친구들과 함께여서 내가 하고 싶은 게 뭔지 찾을 수 있었다.

남들이 본다면 아무 의미 없이 지나칠 수도 있는 골프채 하나에 어머니의 희생이, 나의 독립이 담겨 있다.

남들은 그저 단순한 취미라고 생각할 수 있지만, 내게는 엄마가 자신의 삶을 누릴 수 있다는 안도로 다가왔다. 지금부터라도 세 남매를 키우기 위해 잠시 넣어뒀던 곱고 아름다웠던 부모님의 청춘을 저 깊은 곳에서 다시 꺼내시길 바라며 남은 인생을 행복하게 보내시길 기도한다.

홀로 서기

 기숙사 생활을 시작하고 처음으로 가족과 떨어져 지내니 집이 많이 그리웠다. 훈련을 받으면서도 가족의 품 안에서 먹던 따뜻한 밥상이, 함께 마주 앉아 오순도순 이야기하던 일상이 그리워지면서 집으로 돌아가고 싶다는 생각이 수없이 머릿속을 맴돌았다.

 하지만 그토록 바라던 집에 도착했을 때 집을 떠나기 전과 같은 일상을 보내면서도 현실은 어색하기만 했다. 이상하게도 우리 집이 아닌 것만 같았다. 늘 여기 함께하던 존재가 아닌, 잠시 놀러 온 손님인 것만 같았다. 지금 내가 이곳에 있어도 되는지 의심이 들기 시작하면서 집이 낯설어졌다. 내 마음의 보금자리를 학교와 집 둘 중 어느 곳에서도 찾을 수 없었다.

 우리 집은 어디일까? 내가 살던 집일까, 아니면 지금 살고 있는 학교일까? 어느 곳에 내 마음의 짐을 풀어야 할지 혼란스러웠다. 조심스럽게 친구에게 이런 나의 고민을 털어놓았을 때 비로소 나만 이런 고민을 하는 것이 아님을 확인할 수 있었다.

"나는 집도 그렇고 내가 다니는 교회랑 친구랑 전부 다 그래. 이제 집에 가면 꼭 할머니 집에 명절마다 가는 것처럼 내 집 같지 않고 낯설지. 집에 가기 귀찮아서 안 갈 때도 있고 그냥 부모님 간섭 안 받고 노는 게 편해서 안 가 버릇 하다 보니 나도 기분이 좀 이상했는데 혼란스러운 내가 이상한 게 아니라 독립하기 위한 하나의 과정이라고 생각해."

보통 내가 나고 자란 고향이 아닌 내가 살아온 곳, 유년기와 청년기를 보내 애착과 향수가 느껴지는 곳을 '제2의 고향'이라고 한다. 내게는 모교인 공군항공과학고등학교가 그런 셈이다. 16년이라는 긴 시간을 대구에서 살아왔지만, 막상 학교생활 3년이 내가 그간 살아왔던 날보다 훨씬 길게 느껴졌다. 내게 학교는 그런 곳이다.

현재 지내고 있는 학교와, 고향인 집 모두를 어색해하는 것이 당연한 일일 수 있다. 우리는 가족의 품을 벗어나 홀로 서기를 배우는 중 아닌가. 기존에 살아오던 환경에서 급격히 삶의 패턴이 바뀌니 적응하기 힘든 것은 어쩌면 당연한 일일지도 모른다.

내가 혼란을 겪었던 시기 동안 우리는 내가 지금 어디에 있고 어떠한 상황이며 앞으로 어느 방향으로 가게 될지 '감'을 잡고 있었던 것은 아닐까.

이런 고민을 하며 지나온 청소년 시기가 존재했기 때문에 비로소 '자아'가 만들어지는 건지도 모르겠다. 이 모든 순간을 이해와 용기로 껴안으며 세상을 조금씩 알아가는 연습을 하면 어떨까. 우리는 학교에서 벗어나 사회로 나갈 준비를 하는 것뿐이라고.

당연하지 않은 보살핌

어릴 때부터 더울 때든 추울 때든 밖에 나가 노는 걸 좋아하던 나는 일 년에 한두 번씩은 꼭 감기에 걸리곤 했다. 그럴 때마다 엄마는 달콤한 꿀 한 숟갈을 탄 따뜻한 물을 주셨다.

기숙사에 와서 감기에 걸릴 때나 아플 때면 엄마가 해주던 꿀물이 어렴풋이 생각이 난다. 가족과 살 때만 해도 아플 때 누군가가 옆에서 챙겨주고 돌봐주는 것이 당연한 줄 알았다. 집을 떠나 학교에 와보니 당연하다고 느끼던 것은 결코 당연한 게 아니었다. 학교에서 아플 때 곁에서 나를 신경 써서 챙겨주는 사람은 없었고 약 한 알에 의지한 채 혼자서 버텨내야 했다. 식은 땀이 온몸을 적시고 심할 때면 잠을 설치기도 했다. 엄마에게 아프다고 전화를 해 걱정시키는 게 싫었기 때문에 아프다며 투정을 부리려다가도 손에 쥐었던 핸드폰을 다시 내려놓았다.

그땐 몰랐다. 아주 작고도 소소한 꿀 한 숟갈과 물 한 컵에도 엄마의 사랑이 가득 담겨 있었다는 것을.

고등학교에 입학한 순간부터 벌써 3년이라는 시간을 부모님과 떨어져 지냈다. 처음에는 부모님의 간섭과 잔소리에서 벗어나 자유를 만끽할 수 있을 거라 생각했다. 독립하며 생긴 내 자유를, 새로 맞이할 생활을 기대하며 잠을 설치기도 했다.

하지만 누군가가 날 챙겨주는 느낌이 간절할 때, 어딘가 기댈 곳이 필요할 때는 오히려 부모님 품이 그리웠다. 나의 동기생들 모두 바쁘게 살아가고 있으니 나의 아픔을 털어놓을 곳은 잘 없었다. 다들 자기 삶에 바쁘게 치여 살고 있었기 때문에 감기에 걸려 온몸이 불구덩이처럼 뜨거울 때도 남들은 열심히 사는데 나 혼자 꾀병 부린다는 말이 듣기 싫어 열심히 학과에 임했다. 마냥 어린아이처럼 부모님에게 털어놓기엔 나는 이미 자기 자신을 스스로 챙길 수 있는 나이라는 생각에 그리고 싶지도 않았다. 이런 것 하나조차 참고 견뎌내지 못한다면 평생 '의존'이라는 커다란 그림자 안에 나를 가둬두게 될 것 같았다.

부모님의 간섭을 피하고 싶거나, 온전히 자신만의 공간이 필요하다는 이유로 독립을 하고 싶은 친구들이 분명 많을 것이다. 독립하고 싶은 마음은 물론 잘 알지만 이런 점들도 충분히 고려해보는 건 어떨까. 집에서 나와 홀로 산다는 것이 그리 쉬운 일만은 아님을 충분히 참고해주었으면 좋겠다.

그 어디에도 부모님이 그랬듯이 나에게 신경을 써주고 챙겨줄 사람은 없다. 그러니 아마 처음에는 아주 힘들 것이다.

부모님의 보살핌이 당연하지 않다는 것은, 함께 있지 않아 보아야 충분히 느낄 수 있다. 부디 이 글을 읽고 있는 십대가 알을 깨고 나오는 그 시작의 때에 두려워도 외로움을 달랠 자신만의 방법을 만들어나가며 잘 이겨내기를 응원한다.

녹지 않은 초

    어릴 적 나는 누군가의 생일을 축하해줄 때면 늘 부러움의 감정이 앞섰다. 친구들을 불러 맛있는 음식을 함께 먹고 선물도 받는 걸 보면 '아, 나도 이렇게 축하받는 집에서 태어나고 싶다'는 생각도 들었다.

    내 부러움을 사는 생일을 보내는 친구들에 비해 내 생일은 매번 초라했다. 큰누나의 생일은 2월 7일, 그리고 나는 이틀 뒤인 2월 9일이었기 때문이다. 항상 나는 큰누나 생일에 잠깐 얹혀가는 기분이었다.

    엄마는 누나의 생일부터 내 생일까지 먹을 수 있도록 한 번에 미역국을 많이 끓이셨다. 그 이틀 동안은 미역국을 질리도록 먹었던 기억이 난다. 생일 당일이 되면 미역국은 벌써 몇 번의 끓임을 반복해 짭조름해진 상태에서 먹어야 했기에 누나 생일날 먹다 남은 것을 처리하는 기분이 들었다. 더군다나 가끔은 생일이 설과 겹쳐 빵집이 문을 닫아버리는 바람에 케이크도 먹지 못하고, 할머니 댁에서 핸드폰만 만지며 1년에 한 번뿐인 생일을 축하받지 못한 채 지내곤 했다.

의미 없는 생일을 보내고 난 밤이면 오늘 하루는 어땠는지 잠자기 전 생각하다 늘 혼자서 눈물을 훔쳤다. 왜 하필 누나랑 비슷한 날짜에 태어나서 생일 같지도 않은 생일을 보내야 하는지, 언제쯤 나는 행복한 생일을 보낼 수 있는지 속상해하며 말이다.

열아홉 번째 생일이 다가올 무렵에도 언제나 그랬듯이 나와 누나의 생일을 함께 축하할 분위기였다. 누나가 먼저 케이크 초를 불자 아빠가 말했다.

"자, 다음은 경창이가 불자."

모두가 내 생일을 진심으로 축하해주지 않는다는 생각에 잔뜩 싫은 티를 내버렸고, 그 상황을 벗어나고 싶었다.

10대의 마지막 생일도 이렇게 끝나가는 것 같았다. 심지어 이번 생일은 개학날과도 겹쳤기 때문에 더욱 허무하게 지나갈 거라고 생각했다. 생일날 학교를 가야 했기에 가기 전까지라도 즐겨야겠다는 마음에 전날 밤 친구들과 밤늦게까지 놀았다. 집에 들어오니 이미 12시가 훌쩍 넘어가고 있었다. 꺼져 있던 핸드폰을 켜서 확인하니 몇몇 친구가 생일 축하한다고 메시지를 보내주었다. 이제는 선물을 받는 것보다 내 생일을 축하해주는 사람들이 있다는 것 자체만으로 좋은 것 같다. 평소 연락이 없던 친구들도 먼저 연락이 와 안부를 물어봐주니 '내가 그래도 인생을 허투루 살지는 않았구나' 하는 생각이 들었다.

생일날 아침이 밝았고 눈떠보니 엄마가 부엌에서 음식을 차리고 계셨다. '이번에도 짭조름한 미역국이겠지?' 하며 졸린 눈을 비비고 식탁에 앉았다. 그러나 내 예상과는 다르게, 식탁에 케이크가 놓여 있었다. 처음으로 받는 오로지 나를 위한 케이크였다. 덕분에 이미 누가 불어 촛농이 녹은 초를 불지 않아도 되었다. 크게 기대하지 않았지만 소소한 행복을 느낄 수 있었던 따뜻한 생일이었다. 정말 오랜만에 생일날 초를 불어본 것 같았다. 10대의 마지막 생일을 내가 상상해왔던 축하를 받으며 보낼 수 있어 행복했다.

지금까지 나는 남들이 부러워하는 거창한 행복보다는 아주 사소한 행복에 목말라 있었다. 생일날 초 하나 부는 아주 소소한 것에서 행복이란 감정을 느낀 것을 보면 말이다. 행복이라는 건 멀리서 찾으려 하면 할수록 더 찾기 힘든 것 같다.

주위를 둘러보면 행복한 일이 수없이 많은데 우린 이런 것들에 너무 익숙해져서 잊고만 산 것이다.

이번 생일은 내가 간절히 원했던 소소한 행복을 느낄 수 있어서 평생 잊지 못할 생일이었다.

가족보다 친구

　내 유년기는 늘 할머니와 함께했다. 우리 집은 학교 앞 작은 문방구를 했었기에 부모님은 손님을 맞이하느라 바빠 나를 돌봐줄 사람이 없었다. 자연스럽게 나는 할머니 손에 맡겨졌다. 반찬가게에서 나를 앉힌 후 할머니가 화투를 치던 장면, 밤에 잠들지 않던 나를 재우기 위해 〈전설의 고향〉을 틀던 장면들이 아직도 생생하다.

　친구들에게 어릴 적 가족과 함께한 추억들을 물어보면 부모님과 캠핑을 가거나 눈이 올 때 집 앞에서 아빠와 눈사람을 만들고 가족과 게임이나 운동을 하며 보낸 시간이 너무 즐거웠다고 한다.

　나의 경우는 가족과 함께 여행을 할 때는 즐긴다는 기분보다는 가족끼리 한 번씩은 모여야 한다는 의무감이 앞섰지만 친구들과 함께 있을 때는 아주 사소한 일들에도 웃을 수 있었다. 친구들이 보다 편했기에 부모님에게 이야기하지 못했던 고민이나 걱정들을 친구들에게는 쉽게 꺼내놓을 수 있었다.

이제는 여유가 생기시면서 부모님이 먼저 놀러가자며 제안을 하시지만 이미 친구들과 노는 것에 익숙해져버린 나는 약속이 잡혀 있다는 핑계로 거절을 해버린다. 어디서부터 엉키기 시작했는지 잘 모르겠다.

이런 고민을 하면서도 여전히 나는 주말이면 친구와 약속을 잡고 놀러 다닌다. 언젠가 내가 부모가 되어 자식이 생긴다면 그때야 비로소 함께하고 싶어도 일을 하느라 부모님의 집에 자식을 맡기는 엄마 아빠의 마음을, 그리고 여유가 생겨 용기를 내어 자식들에게 뒤늦게라도 여행을 다니자 하는 그런 마음들을 이해할 수 있을 것 같다.

68년생 박복남

'세상에는 많은 신을 둘 수 없어서 어머니라는 신을 두었다.'

요즘 인터넷상에서 페미니스트와 관련한 여러 이야기가 논란이 되고 있다. 특히 『82년생 김지영』이라는 책이 이슈가 되면서 친구들 사이에서도 대화를 나눌 때 페미니스트를 주제로 한 이야기가 종종 나왔다.

『82년생 김지영』을 읽으면서 엄마가 많이 떠올랐다. 주인공인 김지영에게서 우리 엄마의 모습이 겹쳐 보였다. 우리 엄마는 가난한 가정환경에서 2남 3녀 중 셋째로 태어나 자랐기에 집 안에서 당시 여자였던 엄마에게까지 대학생활을 지원해줄 마땅한 형편이 되지 못했다. 엄마는 그 사실을 알고 공부보다 취업을 위해 고등학교에 다녔다.

"김지영 씨보다 조금 더 배가 부른 산부인과 의사는 다정하게 웃으며 핑크색 옷을 준비하라고 했다. 부부는 특정 성별을 선호하지 않았다. 하지만 어른들이 아들을 기다릴 것이 분명했고, 배 속의 아이가 딸이라는 것을 아는 순간 앞으로 스트레스 받을 일이 많이 생길 것 같은 예감이 들어 약간 마음이 무거워졌다. 김지영 씨의 어머니는 대뜸 다음에 아들 낳으면 되지, 했고, 정대현 씨의 어머니는 괜찮다, 라고 했다."

– 조남주, 『82년생 김지영』 중에서

나의 친할머니는 남아선호사상이 강하셔서 항상 엄마에게 아들을 낳으라고 만날 때마다 말씀하셨다. 첫째 누나에 이어, 둘째 누나가 태어났을 때는 엄마가 할머니께 쓴소리를 많이 들었다고 했다. 뱃속에서부터 워낙 활발해 당연히 남자겠거니 했는데, 막상 낳고 보니 딸이었다. 할머니는 엄마에게 어찌 그렇게 조심성이 없냐고 말씀하시는 등 엄마는 할머니에게 상처받는 말들을 자주 들으셨다고 한다. 그래서 나를 낳으실 때는 정말 이번이 마지막이라는 생각으로 나를 낳았다고 했다. 큰이모가 말하기를 엄마가 너무 힘들어해 큰이모 주위에 아는 사람에게 부탁해 여자아이는 안 된다, 신신당부하며 아이의 성별을 한 번 더 확인해달라고 부탁까지 했다. 이것만 보아도 우리 엄마에게서 『82

년생 김지영』의 주인공인 김지영과 꽤나 비슷한 삶을 살아온 게 느껴진다.

'부모님의 이름'이라는 제목의 유튜브 영상이 기억이 난다. 영상에서는 부모님에게 전화하여 부모님의 이름을 불러드리며 "○○○의 아들, 딸로 살아온 ○○○ 님의 인생은 어떠했나요?" 한다. 그들은 힘들었던 순간부터 가장 행복했던 순간까지 다양한 답변을 내놓았고, 결국 전화를 한 아들, 딸을 비롯해 전화를 받은 부모님까지 모두 눈물바다를 이루었다.

엄마란 아이를 낳는 그 순간부터 한 여자의 인생보다 엄마로서의 인생을 산다. 서서히 자신의 이름보다 누구의 엄마로서 불리게 될 때 그 감정은 어떨까? 내게도 그런 순간이 온다면, 나 자체로서의 존재보다는 누군가를 위해 사는 느낌일 것 같다.

그건 아마 감히 헤아릴 수 없는 복잡한 감정들일 것이다. 뿌듯함도, 속상함도, 기쁨도 오롯이 감당해내야 하는 그 감정을 당사자가 아니고서야 알 수 없을 것이다.

영상에서는 "오늘은 나의 엄마 아빠로 살아오신 부모님의 이름을 불러주세요!"라 말하며 끝을 짓는다.

내게 부모님이란 존재는 그런 것 같다. 세상 모든 이가 나에게 등을 돌릴 때도 영원한 나의 편이 되어주시는 분. 그게 바로 부모님 아닐까? 그런 부모님의 사랑에도 불구하고 나는 여전히 부모님 앞에서는 철없는 열아홉이다.

세 자식의 엄마로 살아온 당신의 인생은 어떠셨나요? 다른 친구들과 비교되지 않기 위해 자신의 편리는 잠시 넣어둔 채, 부족함 없이 키우려 희생해주시던 박복남 여사님. 결혼 후부터 본인의 삶은 잊은 채 우리를 위해 살아온 당신의 삶을 철없는 제가 감히 이해할 수나 있을까요. 진정으로 자식을 위함에서 우러나온 말들을 잔소리로만 느꼈던 어리석은 저를 용서해주세요.

그 어떤 예행연습 없이 어느 날 세 아이의 부모님이 되어 때로는 어떻게 하면 더 좋은 부모가 될 수 있을까 하는 고민과 걱정으로 밤을 지새운 적은 없으셨나요? 당신은 우리에게 그 누구와도 비교할 수 없이 훌륭한 부모입니다. 다시 태어난다고 해도 한순간에 망설임 없이 당신의 아들로 태어나고 싶습니다. 사랑하는 박복남 여사님. 저의 어머니가 되어주셔서 정말 감사합니다!

가족과 함께할 시간

　엄마 아빠는 서로 같은 일을 하신다. 그렇기에 가족끼리 식사를 할 때 아빠는 항상 회사에서 있었던 일들을 엄마와 함께 이야기했다. 엄마와 아빠가 하는 대화 주제에 낄 수 없었던 나는 매번 핸드폰을 보면서 밥을 먹곤 했다. 아빠는 그럴 때마다 내게 "아들아, 식사할 때는 핸드폰 만지는 거 아니다"라고 자주 말씀하셨다.

　엄마는 아빠가 식사 자리에서 회사 이야기를 할 때면 가끔 불편해하시면서 밥 먹을 때는 일 얘기 좀 그만하라고 말씀하시기도 했다. 그렇지만 엄마도 아빠와 다르지 않았다. 가족들끼리 여행을 갈 때면 엄마는 항상 회사 일에 필요한 서류를 함께 가지고 가셨다. 누나들과 나는 엄마한테 자주 말하곤 했다.

　"엄마, 모처럼 다 같이 놀러 왔는데 놀러 와서는 일 좀 그만하면 안 돼?"

　엄마는 늘 알겠다고 하시면서도 "이것만 다 끝내고"라는 말을 덧붙이셨다. 엄마가 이렇게 여행까지 와서도 일하시는 까닭은 우리에게 조금 더 많은 걸 사주고 싶고 다른 부모들과 비교했을 때 부족함 없이 우리를 키우고 싶으셨기 때문일 것이다. 지금에서야 물론 그런 마음을 알 수 있지만 어릴 때의 나는 1년에 가족여행을 몇 번 가지 못할 정도로 정말 가족들과 함께 시간을 보내지 못해 서운함뿐이었다. 가족들이 다 함께 모여 시간을 내서 여행을 가는 것 역시 힘든 일이기 때문이다.

　내게 남은 가족과 함께할 시간은 얼마나 될까? 잠자는 시간, 공부하는 시간, 일하는 시간, 친구들과 함께하는 시간을 빼고 계산해보면 그렇게 많이 남아 있지 않다.

　내가 한 살 한 살 더 성장해갈수록 나의 부모님도 그만큼 나이를 드시고 있으니 그만큼 가족 모두가 함께할 수 있는 시간은 줄어들고 있다는 생각이 든다. 각자 자기들만의 일정이 있어서 서로 일정을 조율해 시간을 맞추기가 더더욱 힘들어졌다. 매번 '다음에 더 잘하면 된다' 생각하며 함께하는 시간을 미루고 하루하루를 살아가고 있는 것 같다.

우리는 일상에서 가족과 함께하는 사소한 행복들을 어느새 잊고 사는 것 같다. 언제까지나 가족들과 함께할 수 있는 건 아니란 걸 알면서도 말이다. 시간이 지나고 나서야 그때 가족들과 조금 더 붙어 있을 걸, 아름다운 추억을 더 많이 만들 걸 하며 후회하기보다는 무엇보다 가족을 우선으로 하여 최선을 다해보는 건 어떨까?

그 시절 우리의 슈퍼맨

훈련단을 하루 앞두고 여러 복잡한 감정들이 교차하고 있을 때, 누나에게서 전화가 걸려왔다.

"너 엄마 입원한 거 알아?"

"엄마 입원했다고? 왜?"

"엄마 요 며칠 계속 허리가 아파서 수술했어. 네가 한번 엄마한테 전화해봐."

아무 사실도 모른 채 학교에서 생활하고 있던 나는 그길로 엄마에게 전화를 걸었다.

"엄마, 어디야?"

엄마는 잠시 고민하더니 내 질문에 답을 하지 않은 채 이야기의 주제를 다른 곳으로 돌려버렸다.

"아, 맞다 참. 택배는 잘 받았어?"

"밥은 먹었어?"

그러고서는 핸드폰 통화종료 버튼을 누르기 전까지 그녀의 건강상태에 대한 그 어떤 이야기도 하지 않았다. 생각해보니 엄마, 아빠가 내 앞에서 아프다고 하시거나 눈물을 흘린 걸 한 번도 두 눈으로 보지 못했다. 어릴 때는 그저 어른이 되면 아프지도 않고, 눈물샘도 메말라 더 이상 눈물을 머금는 일이 없는 줄 알았다. 그 시절 내 기억 속에 엄마, 아빠는 만화 속에서나 볼 수 있는 슈퍼맨이나 다름없었다. 궁금한 게 있을 때 물어보면 막힘없이 대답이 나왔고, 양손으로 들고 가기도 힘든 쌀 포대를 어깨 한쪽에 메고 차에 싣는 모습은 마치 천하장사를 연상케 했다.

커가면서 알게 된 사실은 슈퍼맨도 늙는다는 것이다. 그들은 그저 아파도 괜찮은 척, 눈물이 나도 아무 일 없는 척하고 있었던 것이다.

이제는 슈퍼맨이 말하지 않고 숨겨만 왔던 그 상처들이 조금씩 보이기 시작했다. 물론 그들에게 상처를 입힌 사람은 그들 곁, 가장 가까이 있는 우리일 확률이 7할이다.

언젠가 한번 방송에서 유세윤이 나와 김종국과 함께 아들이 있는 태권도 도장에 간 것을 본 적이 있다. 도장에 있던 아이들은 TV에서만 보던 연예인을 직접 두 눈으로 보고서는 무척이

나 신기해했다. 그러다 앉아 있던 아이들 중 한 명이 손을 들어 질문하기를 "유세윤 아저씨랑 김종국 아저씨 둘이 겨루기 하면 누가 이겨요?" 아이들은 다들 김종국을 택했고 오직 유세윤 씨의 아들만이 자기 아빠를 택했다. 그렇게 시작된 겨루기는 처음에는 김종국의 발차기에 유세윤이 밀리는 듯하더니 마지막에는 유세윤이 전세를 역전해 그를 쓰러뜨렸다. 알고 보니 사전에 겨루기 할 것을 대비해 유세윤이 김종국과 입을 맞추어 놓은 것이었다.

모든 부모는 다른 곳에서는 몰라도 자기 자식이 보는 앞에서는 슈퍼맨이고 싶어한다. 아니, 슈퍼맨이 된다. 시간이 지나면서 그 시절 우리가 생각했던 슈퍼맨의 모습과 지금의 모습이 다를 수 있다. 하지만 기억해야 할 것은 세월이 흘러도 여전히 그들은 우리 마음속의 슈퍼맨으로 남아 있다는 사실이다.

잠깐
바람 좀
쐬고
올게요

여행의 묘미

"준 만큼 받는 관계보다 누군가에게 준 것이 돌고 돌아 다시 나에게로 돌아오는 세상이 더 살 만한 세상이 아닐까. 이런 환대의 순환을 가장 잘 경험할 수 있는 게 여행이다."

- 김영하, 『여행의 이유』 중에서

고등학교 2학년 여름방학, 동기 두 명과 6박 8일 스페인 여행을 함께 계획해 다녀왔다. 같이 갈 보호자를 찾지 못한 우리는 패키지 여행상품을 이용했다. 우리는 숙박과 식사를 비롯해 입장료까지 이미 여행사에 지급했기 때문에 각자 400유로만을 추가로 환전했다. 50만 원 정도면 여행을 하는 데 충분할 것으로 생각했지만 현실은 그렇지 않았다. 스페인에서 먹고 싶은 것을 먹고, 보고 싶은 것들을 구경하려면 우리가 가지고 있던 돈으로는 만족할 수 없었다.

임관하게 되면 각자의 자리에서 주어진 임무를 수행해야 하니 셋이 시간 맞춰 휴가를 내고 함께 놀러 가기도 힘들다. 그래서 이번 여행에서 선택 관광이든 먹고 싶은 것이든 비용은 생각하지 않고 즐겼다. 그러다 보니 예상보다 빨리 돈이 사라졌다. 여행 막바지쯤에는 소매치기로 악명 높은 바르셀로나에서도 털릴 돈이 없었기 때문에 절도나 도난에 대한 걱정은 없었다.

여행 마지막 날 스페인 몬세라트 지역의 관광이 계획되어 있었고 이곳에 가기 위해서는 케이블카를 타야만 했다. 물론 버스를 타고 갈 수도 있었지만, 버스는 시간이 너무 많이 소요되고 길도 험한 터라 많이 힘들다고 했다. 돈을 모두 탕진했던 우리에게 선택지는 버스뿐이었다. 그때 패키지 팀원 중 한 분이 케이블카 비를 대신 내주셨고, 그런 대가 없는 도움 덕분에 우리는 더욱더 편하게 여행할 수 있었다.

스페인에서 참 많은 도움을 받았다. 패키지에서 만난 분들뿐만 아니라 학생들끼리 온 게 대단하다며 피자부터 와인까지 사비를 털어가며 사주신 가이드님, 낯선 동양인이 바람 빠진 축구공을 들고 왔을 때 흔쾌히 자동차 안 공기주입기로 바람을 채워준 알렉사 형 등 이들 덕분에 우리의 여행은 추억뿐만 아니라 따뜻함까지 가슴속에 채워졌다.

이들은 보상을 바라며 남을 도와주는 것이 아닌 여행자가 좋은 추억만을 쌓길 바라는 마음에 도와주시는 것 같다. 스페인 여행이 끝난 지금, 내게 도움을 준 이들의 선행에 보답할 방법은 찾기 힘들다. 이미 한국으로 돌아왔고, 연락처를 저장한 것도 아니기 때문이다. 고민 끝에, 나도 누군가에게 이들처럼 대가 없는 도움을 선물하기로 했다. 낯선 누군가가 내게 도움을 요청했을 때 모른 척 외면하며 지나가는 것이 아니라, 내가 그들에게 도움의 손길을 먼저 내밀기로 했다. 이런 사소한 도움이 있다면 각박해져가는 세상 속에서도 향기가 나지 않을까? 공기처럼 사소한 행동일지라도 그 사람 마음의 축구공은 당신의 그 사소한 공기 덕에 가득 채워질 것이다.

대가 없이 주고받는 도움. 이게 바로 여행의 묘미이지 않을까.

무한도전

내 버킷리스트의 한 줄은 언제나 세계일주가 차지했다. 어릴 적부터 여행 다니는 걸 좋아하던 나의 꿈은 한때 여행이 너무 좋아 손님들과 여행을 하며 여러 나라를 누빌 수 있는 가이드였다.

평소에도 여행 관련 영상들을 찾아보며 '방구석 여행'을 통해 시간을 보내곤 한다. 유튜버들의 영상은 불가능할 것으로 생각한 세계일주에 대한 막연한 바람이 허황된 꿈이 아니란 걸 느낄 수 있게 했다. 화면에 비친 그들의 모습은 때로는 돈이 없어 길에서 노숙하거나, 끼니를 챙기지 못해 굶주린 채 돌아다니는 등 처량하게 보일 때도 있다. 그럼에도 하고 싶은 것을 하는 그들의 모습은 너무나도 행복해 보였다.

가장 큰 고민은, 내가 지금까지 바라왔던 세계일주를 언제 실천하냐는 것이다. 내 고등학교 선생님은 사모님과 함께 크루즈에 탑승해 세계일주 여행을 하기 위해 퇴직금을 모으고 있다고 하셨다. 선생님의 이야기를 듣고 당장 세계일주를 하기에는 비행기표 하나 살 돈 없는 내가 보였고, 막연하게 바라기보다 퇴직금을 모아 세계일주를 계획해야겠다는 생각이 들었다. 그렇지만 5분이라도 더 오래 걸을 수 있고, 새로운 사람들을 만나 이야기할 수 있는 열정 넘치는 나의 청춘기에 도전해보고 싶었다.

세계여행을 한다는 행복한 고민 속에서 시나리오들을 써보기도 했지만 꿈을 가로막는 현실의 벽을 체감할 수 있었다. 냉정하게 바라보았을 때 포기해야 할 게 너무 많았다. 직장을 그만두고 당장 세계일주하러 가게 된다면 나는 우선 군인이라는 안정적인 직업을 포기하고 실업자가 되는 것은 물론 여행을 마친 후 새로운 직장을 구해야 하고 처음부터 다시 돈을 모아야 한다. 나의 꿈이 영원히 버킷리스트에만 남아 있을 것 같아 걱정이다.

유튜브 영상 중 가장 기억에 남는 영상은 '여행 같은 삶을 사는 한 남자의 이야기'이다.

영상의 주인공은 20년 전 가족과 함께 자동차를 타고 유럽 일주를 했다. 주인공의 부모님은 그가 어렸을 적 최고의 교육은 여행이라는 철학으로 집을 사기 위해 모으고 있던 돈으로 유럽 일주를 결정했다. 유럽 자동차 일주. 멋져 보이지만 실상은 경비를 아끼기 위해 고물 자동차에 텐트를 싣고 다니며 해외에 대한 어떤 정보도 없이 여행한 것이다. 주인공의 부모님은 항상 말씀하셨다.

"아들아, 세상은 넓고 갈 곳은 많다. 돈이나 명예에 집착하지 말고 세상을 두루두루 돌아봐라. 젊은 날의 특권이다."

그는 부모님의 미래가 걱정되어 언젠가 물어본 적이 있다고 한다.

"엄마 아빠 노후 준비는 하고 있어?"

돌아온 대답은 세계여행에 대해 부정적인 주위의 시선들 때문에 망설이기만 했던 내 고민을 명확하게 해결해주었다.

"엄마 아빠는 은행에 쌓인 잔고보다 여행하며 쌓은 추억이 더 든든하다."

하지 않은 일을 후회하기보다는 차라리 해놓은 일들을 후회하는 게 편할 것 같다. 여행에서 돌아왔을 때 직업조차 없는 현실을 생각하면 아마 후회가 될 수도 있다. 하지만 세계일주를 해보지 못하고 죽는다면 여행을 마친 후 돌아왔을 때의 후회감보다 그 후회가 더없이 클 것 같다. 세계일주를 통해 새로운 사람을 만난다는 그 설렘을 느끼고 싶다. 새로운 문화를 체험하며 당장 몇 시간 뒤에조차 어떤 일이 벌어질지 모르는 그런 하루에 대한 기대를 갖고 평생 잊지 못할 추억을 쌓고 싶다.

색안경

여러분이 낯선 유럽의 밤거리를 걷고 있다고 해보자. 불이 다 꺼진 골목에서 젊은 흑인 여러 명이 당신이 지나가는 걸 주시하고 있다. 그 상황 속에서 스페인의 아름다운 밤거리를 사진으로 남기고 싶은 당신은 어떻게 할 것인가? 혹시 모를 위험에 대비해 아쉽지만 그냥 조용히 지나갈 것인가? 아니면 처음이자 마지막이 될지도 모르는 이 도시의 아름다운 밤 풍경을 사진으로 남길 것인가?

내가 스페인 여행을 갔을 때 이러한 상황에 놓이게 되었다. 친구들은 괜히 사진 찍어달라고 부탁했다가 그들이 핸드폰을 가지고 도망갈 수 있다며 나를 말렸지만 나는 후회하기 싫어 후자를 택했다.

"Excuse me, Could you please take a photo of us?"

핸드폰을 들이대며 흑인 분들에게 물었다. 흑인들은 오히려 본인들이 더 신기해하며 흔쾌히 사진을 찍어주었고 자기들과도 함께 사진을 찍자 말했다. 서로 SNS 아이디를 공유해 함께 이야기하며 서로에 대해 알아가는 시간을 가졌다. 알고 보니 그 친구들도 우리와 같은 여행자였지 나쁜 짓을 할 의도조차 없었다. 단지 흑인이 쳐다봤다는 이유 하나만으로 거리감을 느끼며 피하려고 한 우리가 부끄러웠다.

학교생활을 하면서 제일 좋았던 것 중 하나는 동기들 개개인의 집안 사정이나 경제 상황을 직접 물어보지 않는 이상 잘 드러나지 않는 것이다. 외부 학교의 경우 학교에서 입는 옷부터 시작해 사치품, 돈 씀씀이를 보고 친구들의 가정사를 어렴풋이 짐작할 수 있었다. 집안 형편이 어려운 친구들은 상대적으로 친구들 사이에서 소외되거나 괴롭힘을 당하는 경우를 많이 봐왔다. 학교에서는 그로 인해 보이지 않는 서열이 정해졌다.

하지만 우리 학교는 가정에서의 경제적 지원이 부족하더라도 매달 월급이 지급되어 생활하는 데 전혀 지장이 없다. 모두가 같은 조건에서 시작할 수 있다는 것은 큰 축복이다. 형편이 넉넉지 않다는 이유로 소외되는 일도 없고, 대화하지 않고는 알 수 없는 그 친구의 재능이나 끼를 모든 친구들이 편견 없이 바라볼 수 있다. 서로 다른 조건에서 시작했더라면 그런 모습들을 볼 수 없었을지도 모른다.

어쩌면 우리는 모두 내가 보고 있는 것이 세상 전부라 느끼고, 그 어떤 의심도 하지 않은 채 색안경을 쓰고 세상을 바라보고 있을 수도 있다.

단지 피부색이 다르다는 이유로 불편해하며 피하고, 살아온 환경이 다르다며 이상하게 생각하는 것처럼 말이다. 색안경을 낀 채로 상대방을 바라보면 그 사람의 진정한 모습을 보기 힘들다. 우리는 틀린 게 아닌 다름을 인정하는 자세를 먼저 연습해야 한다. 색안경을 벗을 수 있기까지 꽤나 오랜 시간이 걸릴 수 있다. 하지만 색안경을 벗고 세상을 바라보게 될 때 장담컨대 그때가 되면 우리는 비로소 지금보다 훨씬 더 많은 것을 볼 수 있을 것이다.

여행
하면서
돈을 벌 수
있다고?

NG 60

투어 보고

가이드: Ken

인원: 12+1

총 매수: 73

판매: 10

NG 60

    사진사 견습이 끝나고 처음 태국팀을 담당했을 때 사장님
께 보고 드린 실적이다. 가이드들은 보통 패키지여행을 온 손님
들을 대상으로 선택관광이나 추가적인 쇼핑을 통해서 수익을 얻
는다. 그렇기에 종종 손님들이 쇼핑을 얼마나 하는지에 따라 돈
이 되는 손님인지 아닌지를 판단한다.

내가 맡았던 손님들은 다른 손님들에 비해 상대적으로 쇼핑을 많이 하지 않았다. 주위에서는 손님들이 쇼핑을 많이 하지 않으니 그에 맞춰 사진도 조금만 현상하라고 조언했다. 하지만 이상하게도 나는 자신이 있었다. 현상소에서 사진현상을 모두 마치니 밤 9시가 훌쩍 넘었다.

비슷한 일정을 소화한 사진사와 통화했는데 그는 40장의 사진 중 20장을 팔았다고 했다. 보통 인화한 사진과 판매한 사진의 오차가 5장 이내일 때 사진을 잘 팔았다고 볼 수 있다. 절반의 사진만 판매한 그가 시무룩해하는 게 전화기를 넘어 나에게까지 느껴졌다. 사진현상과 더불어 추가로 손님들이 한국에 좋은 기억들을 가지고 갈 수 있도록 밤을 새워 편지를 써 손님들에게 나누어 주었다.

투어 마지막 날, 드디어 내가 찍은 사진들을 손님들에게 판매하는 시간이 왔다. 가이드는 태국어로 손님들에게 그동안 사진사가 모든 일정 예약도 하고 고생을 많이 했다며 이에 보답할 길은 사진을 사주는 것이라고 설명했다. 손님들은 사진을 보고 모두 잘 찍었다며 칭찬해주었다.

하지만 뒤에 적힌 가격을 본 순간 모두가 놀라며 사진을 사는 걸 꺼렸다. 사진 한 장당 가격이 2만 원이었기 때문이다. 이전에는 사진 한 장당 5000원에 팔았지만, 태국 손님들은 사진을 몇 장 사지 않는다는 통계 때문에 사진의 규격을 키우고 한 장당 2만 원에 팔기로 회사에서 지침이 내려온 것이다.

그렇게 손님들은 총 10장의 사진을 샀다. 73장을 인화한 나로서는 63장의 사진을 모두 버려야 하는 상황이 된 것이다. 가이드는 내게 다가와 힘내라고 격려해주었다. 그 뒤 점심을 먹는 데도 입맛이 떨어져 밥알을 꾸역꾸역 삼켜가며 억지로 먹었다.

밥을 다 먹고 사장님에게 실적 보고를 해야 하는데, 정말 부끄러워서 쥐구멍이라도 있다면 숨고 싶은 심정이었다. 공항에서 손님들을 모두 보내고 속상한 마음에 엄마에게 전화를 걸었다. 엄마는 나를 달래주시며 좋은 경험을 했다고 말씀해주셨다. 자신 있게 자랑할 내 모습을 생각하며 집을 떠나 서울로 올라왔었지, 이런 실적을 가지고 엄마에게 투정 부리고 싶었던 게 아니었다. 나는 고객이 주머니에 있는 돈을 꺼내게 하는 것이 이렇게 힘든 일일 줄은 몰랐다.

평소 친구들한테도 사업에 관한 이야기를 가끔 이야기한 적이 있다. 내 사업에 자신이 있었기에 할 수 있던 것이었다. 그 이후로 많은 것을 느끼게 된 것 같다.

생각보다 사람들 주머니에 있는 돈을 꺼내게 하기는 힘들다는 것, 세상이 내 생각보다 만만치 않다는 것을 경험할 수 있었다.

일정이 끝나고 홀로 남아 실패의 요인을 생각하고 있는데, 공항에서 웃으며 여행객들을 맞이하는 가이드의 모습이 눈앞에 보였다. 그 순간 지난 스페인 여행 가이드님이 해주신 말씀이 떠올랐다.

"여러분, 저는 베짱이가 되고 싶어요. 베짱이처럼 음악을 사랑하며 하루하루를, 일한다는 강박감에 쌓여서 보내기보다는 즐기면서 보내고 싶어요."

내가 처음 관광사진사를 한 이유는 여행이 좋아서, 사람들과 이야기하는 게 좋아서였지 돈이 목적이 아니었다. 하지만 어느새 목적을 잃은 채 대부분의 사진사처럼 돈을 좇으려는 모습을 내게서 볼 수 있었다. 좋아하는 일을 돈벌이의 수단으로 생각하는 순간 오히려 기대했던 것보다 더 실망하게 된 것 같았다. 그 후 나는 다음 여행부터 돈이 주된 목적이 아닌 새로운 사람들과 함께하면서 느낄 수 있는 기대와 설렘들을 마음속에 담아 가져오기로 했다.

행복을 위한 과정 그리고 목적

"사장님이 일단 집으로 보내래."

마른하늘에 날벼락 같았다. 관광사진사를 처음 하게 되면 견습 기간을 가지게 되고 그 기간에는 사수 옆에 붙어 다니며 일하는 방법을 배운다. 견습 기간 이틀차, 동대문에서 관광객들에게 자유시간을 주고 근처 카페에서 커피 한잔의 여유로움을 즐기고 있는데 사수가 내 이름을 불렀다. 사수는 오늘 일정까지만 마무리하고 우선 집에 돌아가 있으라는 사장님의 지시를 내게 전달했다.

비록 관광객들과 함께한 날은 이틀이지만 이미 정이 들었고, 어쩌면 이들을 보는 마지막이 될 수도 있겠다는 생각이 들었다. 그래서 관광객들이 한국에서 좋은 추억을 간직할 수 있도록 떠나기 전 손님 한 분 한 분씩 한글로 이름을 적어주고 싶다고 사수에게 전했다. 그랬더니 사수는 나를 안쓰럽게 쳐다보며 이런 말을 했다.

"어차피 한 번 보고 말 사람들이라니까. 너무 정 주지 마. 네가 아직 어려서 그런지 모르겠는데 여기 나왔을 때 혼자라고 생각해. 가이드도 다 남이야!"

우리가 살아가는 사회는 따뜻할 거라 믿었던 내 생각을 한순간에 깨뜨렸다. 온기조차 찾아볼 수 없이 냉정했다. 내가 생각했던 관광사진사란 관광객들이 한국에서 좋은 추억만을 가지고 갈 수 있게 해줄 수 있는 사람이었다.

하지만 그런 모습은 존재하지 않았고 단지 손님을 관광객이 아닌 사진을 더 팔기 위한 주머니의 돈으로만 생각했다. 돈이 되는 손님이냐 아니냐가 그들에게는 전부였다. 관광사진사는 일정한 봉급이 나오는 것이 아닌 성과에 따라 돈이 지급되는, 순전히 능력 위주의 직업이다.

돈을 벌 수 있는 유일한 방법은 손님들에게 사진을 파는 것이다. 한 장이라도 더 팔기 위해 손님들의 동정심을 자극하며 불쌍한 척하는 게 이들의 일상이었고 수염을 밀지 않은 채 지저분해 보이거나 없는 가정사를 지어내곤 한다. 돈 하나에 얽매인 채 나를 숨기고 거짓된 나, 또 다른 나를 만들어 스스로조차 속이며, 관광객들과의 추억 따위는 안중에도 없었다.

적어도 나는 일을 할 때 '돈을 좇는 사람' 보다는 '돈이 따라오는 사람'이 되어야 한다는 마음가짐으로 일을 해야 한다고 생각하며 살아왔다. 물론 개인의 사정에 따라 어쩔 수 없이 돈을 좇아야 하는 경우도 있다.

그러나 정말 밥 한 끼조차 보장되지 못할 정도로 돈이 절실한 게 아니라면 돈이 내가 할 일을 결정하는 일은 지양해야 할 것이다.

자신을 속여가며 번 돈도 모으다 보면 언젠가는 꿈꾸던 멋진 자동차를 갖거나 넓은 정원이 딸린 집에서 생활할 수도 있다. 그것들이 가진 궁극적인 목표는 아마 당신의 행복일 것이다. 하지만 스스로를 뒷전으로 하고 나를 숨겨가면서까지 번 돈으로 꿈꾸던 것들을 이루었을 때 과연 행복할 수 있을까? 그 모습은 마치 겉만 알록달록한 리본으로 포장된 상자에 불과하지 않을까? 행복의 과정과 목적이 모순되지는 않은지 고민해보아야 할 것 같다.

인생에는 정답이 없듯이 돈을 좇는 사람이 꼭 틀린 것만은 아니다. 돈을 벌며 열심히 자신의 인생을 꾸려나가는 것은 좋지만, 그 속에 빠져 나 자신을 잃지 않았으면 좋겠다.

정답은 없어

잘하는 일과 좋아하는 일 중에 어떤 것을 우선순위로 두고 직업을 정해야 할까?

나: 선생님은 직업적 가치관에 있어 좋아하는 일과 잘하는 일 중 어떤 것을 우선순위로 두세요?

A: 선생님은 좋아하는 일을 하는 게 바르다고 생각해.

나: 왜 그렇게 생각하시죠?

A: 좋아하는 일을 하게 되면 일에 대한 흥미가 생기고, 자연스럽게 실력이 늘게 되어 있어. 즐기며 일을 하는 것은 노력으론 못 따라와.

B선생님의 답은 달랐다.

B: 선생님은 잘하는 일을 우선으로 생각해.

나: 왜 그렇게 생각하시죠?

B: 내가 맡은 일에 재능이 있고 잘한다면, 업무 때문에 받는 스트레스와 부담이 없을 것 같아.

자유학기제에서 수많은 프로그램을 경험했던 나에게 이 주제는 풀리지 않는 문제로 남아 있다.

선생님들의 인터뷰는 물론 도움이 되었지만, 의견은 모두 달랐다. 백문이 불여일견, 직접 한번 경험해보는 게 더 효과적이라 생각했다. 그래서 나는 큰맘 먹고 고등학교 2학년 겨울, 내가 좋아하는 일을 한번 해보고자 결심했다.

나는 어릴 적부터 여행 다니는 것을 좋아했고 한때는 여행 관련 업계에서 일하고 싶기도 했다. 친구에게 고민을 털어놓았더니 결국 정답은 정해져 있다며 하고 싶은 일을 하는 게 답이지 않냐고 말했다. 나도 같은 생각을 했었다. 하지만 관광사진사 일을 배우면서 좋아하는 일을 하는 것에 대해 다시 생각하게 되었다.

관광사진사는 한국으로 패키지여행을 온 여행객들을 대상으로 함께 여행을 다니며 사진 찍어주는 일을 한다. 여행 첫날 공항에 가이드보다 일찍 나와서 기다린 뒤, 여행객이 오면 그들의 짐을 버스에 싣는다. 그리고 관광지 및 식당에 도착하기 10여 분 전에 그곳에 미리 전화를 다 해놓아야 하고, 기사님에게 목적지에 대한 명확한 정보를 항상 드려야 한다.

관광지에 도착하면 재빨리 뛰어가 티켓을 끊고, 대부분의 결제를 사진사가 하므로 영수증과 정산서 등의 관리도 추가로 한다. 가이드가 길을 모르면 길 안내를 해주어야 할 때도 있다. 그러면서도 본업은 사진사이므로 관광지에서 쉴 틈 없이 사진을 찍어야 한다. 손님 얼굴들을 얼마나 잘 익히고 부담 주지 않는 선에서 카메라에 손님을 잘 담아내느냐에 따라 수입이 확 차이 난다. 사진은 한 장에 5천 원에 판매하며, 이 수익은 사진사 경력에 따라 여행사와의 배분율이 달라진다. 따로 시급이 정해져 있는 것이 아니라서 오로지 여행객에게 사진을 파는 것이 수입의 전부다. 사진사의 페이는 곧 얼마나 손님들에게 좋은 서비스를 제공했는지, 얼마나 좋은 이미지를 쌓았는지에 따라 결정된다.

나는 평소 성격이 쾌활하고 밝다는 소리를 잘 들어왔기 때문에 이 정도쯤은 걱정이 되지 않았다. 하지만 문제는 따로 있었다. 물론 손님들 중에 사진 찍는 것에 적극적으로 협조해주시는 분들도 있었지만, 사진을 사기 싫어 일부로 사진사를 피하는 손님들도 매번 볼 수 있었다. 심지어는 사진을 찍기 싫어 카메라만 보이면 정색부터 하는 손님들 또한 존재했다. 사장님은 그런 손님들도 잘 달래가며 사진을 찍게 만들어야 한다고 하셨지만, 처음부터 사진은 찍지 않으리라 마음을 굳힌 이들의 마음을 열기란 쉽지 않은 일이었다.

출국 하루 전날에는 점심을 먹은 후 무리에서 빠져나와 현상소에서 사진을 출력한다. 사진만 출력하는 게 아니라 사진마다 일일이 보정을 하고 규격대로 자르고 또 인화한 사진들을 풀로 붙여야 한다. 평소 사진편집 같은 것을 접해본 적이 없던 나는 매번 밤 10시가 넘어서야 일을 끝낼 수 있었다. 분명 좋아해서 시작한 일이지만 스트레스는 더욱 쌓여만 갔다.

남들은 좋아하는 일을 하라 했지만 실제로 좋아하는 일을 경험해보니 그것이 능숙하지 않은 일이라면 그 속에서 내가 익숙지 않아 발생하는 사소한 스트레스들이 쌓여가면서 어느새 내가 좋아하던 일에 부담을 느끼고 점점 싫어져만 가는 듯한 기분도 함께 느꼈다. 집으로 돌아가면서 끊임없이 생각했다.

'좋아하는 일을 하는 것보다 잘하는 일을 하는 게 옳은 선택이겠지?'

유난히 공기가 차가웠던 날, 그날은 4박 5일간 함께 추억을 쌓은 홍콩 손님들과 작별하는 날이었다. 일찍 호텔로 가서 손님들의 짐을 버스에 실었다. 가이드가 여행 마지막 날 쇼핑 일정을 다 잡아놓은 상태라 예약할 곳이 크게 없어 한결 편했다. 점심을 먹고 잡화점에 들른 후 이제 드디어 공항에 갈 시간이 되었다.

　가이드가 마이크를 들고 멘트를 하기 시작했다. 이전에 태국 손님들을 상대로 실패한 경험이 있던 나는 내심 기대하면서도 머릿속으로 '자만하지 말자. 사람을 너무 믿지 말자'고 계속 되뇌었다. 그런데 웬일인지, 첫 손님부터 사진을 다 사주셨다. 아주 큰 목소리로 "셰셰"를 외쳤다. 다른 손님들도 마찬가지, 기대 이상으로 사진을 많이 사주셨다. 정말 고마웠다. 뿌듯했다. 내가 사진을 잘 찍었다기보다는, 내가 여행에서 고생한 걸 인정해주시며 수고했다는 의미로 사진을 사주신 것 같았다.

　공항에 도착했고 손님들의 탑승 수속절차를 도와드린 뒤 작별인사를 했다. 모든 일정이 끝나서 후련함과 동시에 한편으로는 조금 허무한 감정도 들었다. 짧은 시간이었지만 정들었던 손님들이 떠나갔기 때문일까, 만남 뒤에는 언제나 헤어짐이 있다는 건 알지만 여전히 헤어짐에 익숙하기는 힘들었다.

　다시 집으로 돌아가 이모에게 사진사 일이 시원섭섭하지만 그래도 뿌듯하다고 말했다. 이모는 내게 돈을 많이 벌어서 뿌듯한 건지 물어보셨다. 분명 돈을 많이 벌었던 이유도 있지만, 그보다는 좋은 손님들과 함께 여행하며 이들에게 한국에서 잊지 못할 기억을 선물한 것 같아 느꼈던 뿌듯함이 더 컸다.

전날까지만 해도 좋아하는 일을 직업으로 삼으면 위험을 감수해야 한다고 생각한 나였지만, 오늘은 조금 달랐다. 좋아하는 일을 직업으로 삼으면 능숙지 않더라도 언젠가 결과가 좋을 때의 뿌듯함은 그 몇 배가 될 것이다.

여전히 좋아하는 일과 잘하는 일 중 무엇을 우선으로 생각해야 하는지 명확한 답을 내리지 못했다.

그래도 내게는 살면서 절대 잊히지 않을 경험을 해보았고, 좋아하는 일을 직접 해보는 과정 또한 뜻깊었다.

좋아하는 일로 생계를 유지하려고 하면 좋아하는 일이 재미없어진다. 하지만 잘하는 일을 한다 해서 재미있을까?

결론적으로 좋아하는 일, 잘하는 일 모두 자신의 적성에 더 맞는 것을 해보고 결정해야 하는 것 같다. 사람은 모두 추구하는 것이 다르니 자신에게 맞는 답을 찾는 게 가장 중요하다고 본다.

관광사진사를 통해 좋아하는 일을 한번 해봤으니 다음번에는 잘하는 일에 한번 도전해보고 싶다.

더 돋보이면 어때

"가이드 앞에 있을 때는 손님들이랑 웬만해서는 말하지 말고 유령처럼 있어."

처음 관광사진사 견습을 나갔을 때 사수가 나한테 해준 말이다.

'아니, 왜? 관광사진사는 사진도 물론 중요하지만, 그보다 더 중요한 건 내 서비스를 파는 거 아닌가? 그러기 위해서는 손님들에게 조금 더 친절히 다가가야 하잖아.'

이런 생각이 들었지만, 현실은 그렇지 않았다. 가이드와 사진사 사이에는 보이지 않는 선이 분명히 존재했고, 불문율을 깨는 것은 용납되지 않았다. 일을 배우면서 가장 이해가 되지 않는 부분이었다.

"나도 처음 왔을 때 제일 이해되지 않았던 점이 이런 부분이었어. 그래도 어쩌겠냐. 만약 네가 가이드야. 근데 사진사가 나보다 손님들이랑 더 친하다고 생각해봐. 기분이 썩 좋진 않을 걸. 저 손님들은 네 손님이 아니야, 가이드 손님이지. 너도 그러니깐 가이드 없을 때만 손님들이랑 말하고, 있을 때는 대화하려고 하지 마! 이 바닥도 이런 면에서는 조금 치사하더라."

그렇게 나는 어쩔 수 없이 사수의 말대로 가이드가 있을 때는 손님들에게 일절 말을 걸지 않았다.

학교와는 비교도 될 수 없을 정도로, 사회는 누군가가 눈에 띄고 거슬리기 시작하고 자신의 자리를 위협하게 될 때 수단 방법 가리지 않고 그 사람을 배척하려 한다. 나는 분명 내 자리에서 최선을 다하려는 것뿐인데 열심히 하면 할수록 주변에서 하는 소리라고는 "재수 없어. 나대지 마. 거슬려"가 전부다. 이런 말들을 들을 때면 허무해지고 '열심히 한 내가 잘못한 건가?'라는 생각도 든다.

하지만 주변에서 이런 비난 섞인 소리를 들었다고 낙담하며 유령처럼 남들이 하는 대로 가만히 있으면 결국 나는 언제든지 대체품으로 갈아 끼워질 수 있는 개성 없는 부품이 될 뿐이다. 실제로 내가 홍콩 손님들과 여행할 때 손님들은 가이드보다 더 살갑게 굴었던 나를 더 좋아했고, 여행 마지막 날 손님들은 가이드가 아닌 사진사인 내게 팁을 더 많이 주기도 했다. 가이드도 더 열심히 하지 않으면 자신이 서 있는 자리가 위협받을 수도 있겠다는 걸 아마 나를 통해 뼈저리게 느꼈을 것이다.

그렇게 적어도 서로 보완할 부분을 찾아가며 함께 발전하는 것이라 나는 생각한다. 이런 선의의 경쟁을 통해 서로 더 발전해나가는 것. 이런 관계가 우리가 추구해야 할 바람직한 관계이지 않을까 조심스레 생각해본다.

십대가 대학을 가려는 이유

어른들은 "요즘 시대가 어떤 시대인데"라며 자기는 옛날 삶이 아닌 척, 시대의 변화에 잘 따라가듯이 이야기하고는 한다. 그러면서 덧붙이는 말이 옛날처럼 대학교 안 나왔다고 무시하는 일은 잘 없으니 걱정하지 말라고 학교를 비롯해 여러 곳에서 말한다.

하지만 내가 관광사진사라는 일을 배우면서 처음으로 사회에 발을 내디뎠을 때 "대학을 나오지 않아도 괜찮다"는 말은 모두 새하얀 거짓말이었다는 것을 두 눈으로 확인할 수 있었다.

사실 관광사진사라는 일을 배울 때 고등학생이라고 말하면 당연히 일을 맡겨주지 않을 것 같아 빠른년생이라고 나이를 속여서 일했다. 가이드 분이 나이를 물어볼 때 역시 한 살을 더해 스무 살이라고 이야기했다. 확실히 스무 살이라고 말했을 때 열아홉이라고 말할 때보다 알게 모르게 눈빛에서부터 내리쬐는, 학생이 하라는 공부는 안 하고 이러고 있다는 상대의 나를 향한 무시라든지 한심하게 보는 것, 그런 것들을 모두 씻어낼 수 있어 더없이 좋았다. 아마 열아홉 살이라고 말했더라면 사소한 실수 하나에도 "거봐. 이래서 고딩은 안 된다니깐. 일이 아주 그냥 장난이야" 이런 소리를 들을 게 뻔했다. 그나마 스무 살이라 했으니 그런 소리들을 피할 수 있었다고 지금도 믿어 의심치 않는다.

한번은 가이드님과 식사를 하는데 다짜고짜 나를 꾸짖으셨다.

"스무 살이면 지금 여기서 이러고 있을 게 아니라 공부를 해야지 왜 이러고 있어!"

"너 대학은 왜 안 갔어?"

"대학 간다고 해서 누구나 다 직업을 구할 수 있는 건 아니더라구요."

"야 이 사람아, 그래도 스무 살이면 지금 여기서 이러고 있을 게 아니라 대학을 가야지. 왜 이러고 있어."

시대가 변해 대학을 가지 않아도 사회에서 무시하거나 비웃는 일은 없을 거라 생각했다. 하지만 여전히 어른들은 대학을 나오지 않으면 못 배운 사람이라 정의 내리고 있었다.

대학을 꼭 가야만 하는 걸까? 어느 순간부터 대학은 더 이상 배우기 위해서가 아닌 사회에 나가서 무시당하지 않기 위해 가는 곳이 되어버린 것만 같다. 마음만 같아서는 바로 내가 하고 싶은 것을 찾고 그 길을 향해 나아가면 된다. 그렇지만 우리는 그 무시라는 시선이 두려워 비싼 등록금을 내가면서 대학에 지원하고 있는 건지 모르겠다.

나 역시 군인이 되어서도 무시당하는 게 두려워 시간을 투자해 대학을 다닐 생각이다.

우리는 세상이 아무리 변했다 하더라도 여전히 자신이 살던 시대를 지금의 시대와 비교해 주어진 상황을 바라보고 있는 건지도 모르겠다.

괜찮아,
우린 아직
성장하는
중이잖아

2002년생이 불쌍한 이유

① 초등학교 1학년 신종플루 사건
② 초등학교 6학년 세월호 사고 발생과 수학여행 취소
③ 중학교 1학년 자유학기제 시행으로 인한 혼란, 메르스
④ 중학교 3학년 교육과정 개편
⑤ 고등학교 3학년 코로나로 인한 수능 연기

요즘 인터넷에서는 지금의 고3 학생, 02년생들은 최악이란 최악은 모두 겪는 세대라는 말이 화제가 되고 있다. '공부의 신' 강성태 역시 위의 근거를 통해 현재 고3 학생들을 최악의 세대라고 평가하고 있다.

2002년에 태어난 우리 또한 우리가 제일 불쌍한 세대라며 안타까워한다. 각종 사건이 터지거나 제도가 개편될 때 우리가

항상 중요한 시기를 보내고 있거나, 제도의 시범 적용대상이 되어왔다. 이렇게 불쌍한 걸 나열하면 아마 밤을 새워 이야기해도 모자랄 것이다. 그런데 가끔은 이런 생각이 든다.

내가 이렇게 불평불만만 한다고 해서 세상이 바뀌거나 달라지는 게 있을까? 이런 불만들을 조금만 내려놓고 조금 더 내가 처한 세상을 긍정적으로 바라보는 건 어떨까?

어쩔 수 없이, 어차피 해야 하는 일이라면 말이다. 중학교 1학년 자유학기제가 시행되어 처음에는 혼란이 많았다. 평소에 시험을 치지 않다가 막상 2학년이 돼서 중간, 기말 모두 치려니 버겁고 적응하기도 힘들었다. 그렇다고 자유학기제가 무의미하다고 생각하지는 않았다. 그저 아무 의미 없이 지나가는 시간인 것 같지는 않았다. 승무원, 조향사, 사진사 등 여러 직업을 직접 체험도 해보고 평소에 해보지 못한 여러 경험을 하며 교과서 밖 세상을 경험하다 보니 되레 더욱 흥미로웠다.

2002년생이 최악의 세대라고 말할 때 우리는 이미 그것을 핑계 삼아 아무것도 하지 않으려 하는 건 아닌가 생각해봐야 할 것 같다. 최악의 세대라는 이유 하나만으로 '우린 안 돼. 우린 불행해' 하며 단정 짓기보다는 '까짓것 한번 해보자!'라는 마음으로 주어진 일들을 받아들였으면 좋겠다. 그렇게 하나하나씩 해나가다 보면 노력에 비례하는 결과가 나올 것이다. 아무것도 하지 않고 불평만 하기보다는 결과가 좋지 않더라도 자기 일에 최선을 다할 때가 더 미련이 남지 않을 것이다.

어쩌면 내가 일반 교육과정과는 다른 군 교육과정을 받다 보니 수능, 대학입시 등 수험생, 고3이 겪고 있는 현실을 직접 마주하지 않아서 쉽게 말하는 것으로 생각할 수도 있을 것 같다. 그래도 이것 하나만은 꼭 기억해줬으면 좋겠다. 내가 세상을 어떻게 바라보느냐에 따라서 앞으로 살아갈 나의 세상은 얼마든지 변할 수 있다는 것 말이다.

낭만고양이

어둡고 컴컴한 밤거리를 걷다 보면 아마 들을 수 있을 것이다. 아주 슬프고도 애타게 누군가를 찾는 부르짖음을 말이다. 그 소리의 주인을 찾기 위해 따라가다 보면 만날 수 있을 것이다. 그토록 초롱초롱하고도 애타게 나를 바라다보는 아련한 눈망울을 말이다. 사람들이 내다 버린 노란 봉지를 파헤쳐 가며 끼니를 때우고, 기척이 느껴지면 재빨리 도망가는 길고양이들. 내일의 해는 뜰 테지만 당장의 내일 수확이 있을지는 아무도 모른다. 하루하루 무지개다리 사이를 오가며 연명하는, 낭만을 갖기에는 그럴 여유조차 없는 길고양이들이다.

인간세계에서는 항상 고양이보다는 강아지를 선호하며 유기견에는 관심을 가져도 길고양이들에게는 대부분 눈길 한 번 주지 않는다. 고양이는 그렇게 어둠 속에 갇힌 채 아득한 밤들을 보낸다.

최근 들어 어둠 속에서 빠져나오지 못할 것만 같았던 고양이들에게도 희망이 보이기 시작했다. 깔끔하고 손이 별로 가지 않는다는 이유에서 많은 사람들이 점점 더 고양이를 반려동물로 택하고 있는 추세다.

이제 더 이상 우리가 알고 있던 예전의 그 길고양이가 아니다. 그들에게도 낭만을 가질 기회가 찾아왔다.

군에서는 고양이를 일명 짬타이거라고 칭한다. '짬'이라는 단어는 군대에서 크게 세 가지 의미로 사용된다.

첫 번째는 음식물 쓰레기, 즉 잔반이라는 뜻이고, 두 번째는 군대에서 먹는 밥이라는 뜻이다. 그리고 세 번째는 군대에 얼마나 있었느냐를 뜻하는 '군대 경력' 따위의 뜻으로 이용된다. 넓게 보면 이것도 군대 밥이라는 뜻이긴 한데 좀 더 상징적으로 사용된다는 점에서 약간의 차이가 있다.

이 중 짬타이거를 이야기할 때 사용되는 것은 바로 첫 번째 뜻이다. 고양이는 사람이 먹다 남은 음식, 곧 잔반을 처리하며 사람과 교감한다. 사람 손이 많이 탄 고양이들은 배고플 때 스스럼없이 사람들에게 다가와 밥을 달라고 한다. 볼일이 끝남과 동시에 언제 애타게 사람을 찾았냐는 듯 유유히 그 자리를 떠난다. 그리고 다음 날 다시 찾아온다.

어둠 속에만 있던 고양이들이 빛을 보기 시작하며 재조명되고 있다. 그런 고양이를 보다 보니 대견하다기보다는 부러움의 감정이 컸다. 과연 나도 지금은 아무도 알아주지 않고 그 누구도 찾지 않지만 언젠가는 어둠 속에서 깨어난 고양이처럼 누군가가 나를 먼저 찾게 되는 날들이 내게도 찾아올까.

그러기 위해서는 고양이처럼 무수히 많은 시간들을 인내와 고통으로 견디고 또 이겨내야 하지 않을까.

그간 고양이들은 낭만을 찾기 위해 얼마나 많은 시간을 헤매고 또 찾아왔을까. 그들의 숭고한 삶이 고스란히 전해지며 울림을 준다.

모두의 행복

2019년 겨울, 전 세계로 뻗어나간 코로나19는 모두의 일상을 앗아가기 시작했다. 우리나라에도 코로나 확진자가 생기고 난 후부터 사회적 거리 두기 등 여러 방안을 모색해 모든 국민이 코로나와 싸워 나가고 있다.

국방부에서는 코로나로 전 장병의 휴가를 제한했다. 교육부가 아닌 국방부 소속인 우리 학교는 국방부의 지침에 따라야 해서 모든 학생의 외출 및 외박이 제한되었다. '다음 주면 나갈 수 있겠지', '사회적 거리 두기 기간만 끝나면 나갈 수 있겠지' 하며 외출할 날만을 손꼽아 기다려왔건만, 코로나는 사라질 생각을 하지 않았다. 두 달이 넘는 기간 동안 외출을 나가지 못한 채 학교 안에서 생활해야만 했다. 외출을 나가지 못하자 주말이라는 개념 자체가 사라져버렸고, 그저 한정된 공간에서 같은 생활만 반복하다 보니 마치 사육당하는 동물처럼 느껴졌다.

"정부에서 사회적 거리 두기를 한다고 해도 바깥사람들은 한강에 놀러 가고 꽃구경을 가는데 우리만 여기서 사회적 거리를 둔다고 해도 무슨 소용이야."

11주간 갇혀 나가지 못하던 우리의 불만은 점점 쌓여만 갔다.

그러던 어느 날, 코로나의 최전선에서 고군분투하고 있는 간호사의 글이 SNS에서 퍼져 나가 매체를 통해 대중들에게도 널리 알려졌다.

'집에 있는 게 너무 지루하고 갑갑해서 꽃놀이 잠시 간 게 그렇게 잘못이냐고? 응. 엄청난 잘못이야. 너만 갑갑해? 꽃 내년에 보면 되잖아. 내년엔 그 꽃 없어? 우린 목숨 걸고 일하는데 너는 그 꽃을 봐야겠어? 그럼 아프다고 병원에 처오질 마. 집에서 조용히 죽어 그냥. 보호장비 없으니까. 꽃놀이 갔다가 불특정 다수랑 접촉해서 코로나 걸린 삶들이 대거 응급실로 붐비면 맹장 터져서, 담낭염으로, 뇌경색으로, 천식으로 응급실 갔을 때 코로나 환자 때문에 치료 못 받아서 그냥 죽는 거야. 코로나만 안 걸리면 땡일 것 같지? 아니! 병원에 너 자리 없어. 동료 간호사 남편은 지금 코로나 확진 받고 인공호흡기로 연명하고 있어. 근데도 나와서 일해. 근데 겨우 답답해? 꽃을 봐야겠어? 너희가 사람이냐? 날씨 좋다고 꽃놀이 가고 싶어? 그게 음주운전하는 거랑 다른 게 뭐야? 응급실이 필요한 뇌경색, 심근경색, 호흡곤란 환자들 치료받고 싶어도 의료진들 나가떨어지고 있는데, 병원도 자리 없고 보호구도 없는데, 코로나 사태 해결 안 되면 그 사람들 꽃놀이 간 너희가 죽인 거야.'

누군가는 자신의 삶을 잠시 내려둔 채 치료를 위해 마스크에 피부가 짓눌릴 정도로 힘들게 하루를 보내고 있을 때, 그저 외출을 나가지 못한다는 이유 하나만으로 불평하던 내 모습이 떠올랐고, 코로나 때문에 밖에 나가지 못해 불평불만하는 우리의 모습이 생각났다. 우리가 외출해서 발생하는 일의 책임은 간호사 분들의 몫인데, 여태껏 그분들의 입장은 생각하지 않은 채 우리만 생각하려 한 것 같다. 우리는 기숙사 생활을 하기 때문에 한 명이 감염된다면 필연적으로 2차, 3차 감염이 발생할 수밖에 없다. 나 하나의 책임이 아닌 나와 같은 생활관을 사용하는 동기 140명, 더 나아가서는 국가 전체에 피해를 줄 수 있는 상황이다.
"그러나 혼자만 행복하다는 것은 부끄러운 일이지요."
소설 『페스트』 속 랑베르가 한 말이다. 랑베르는 흑사병이 발발한 오랑시에 외신기자로 오게 된다. 페스트로 도시가 폐쇄되고 나갈 수 없게 되자 랑베르는 끊임없이 탈출할 방법을 모색

한다. 우여곡절 끝에 그는 탈출할 방법을 찾았지만, 오히려 오랑 시에 남아 돕겠다는 결심을 한다. 혼자만 행복해지자고 다른 사람에게 피해를 주는 행동은 부끄럽기 짝이 없는 행동이란 걸 이 책을 통해 잘 느낄 수 있었다.

나 하나쯤은 괜찮겠지 하며 처음 외출을 나갈 땐 잠시나마 행복할 수 있다. 하지만 사회 전체를 생각하면 그 잠깐의 행복보단 스스로 절제하는 과정을 통해 하루빨리 코로나가 사라져 모두가 행복할 수 있는 날을 바라는 게 맞다.

나 하나의 행동이 다른 사람에게 미치는 영향을 생각하자. 그리고 내 행동 하나하나를 신중히 해야겠다고 다짐하며, 힘든 시기일수록 자기만 생각해 행동하기보다는 서로를 배려하며 함께 힘을 모아 이 시기를 잘 이겨냈으면 좋겠다.

이 책이 출판될 쯤에는 온라인도 물론 좋지만, 마스크 걱정 없이 편히 숨을 쉬며 길거리의 서점 속 진열대에서 자유롭게 자신이 원하는 책을 고를 수 있는 날이 오기를 기원한다.

나 혼자 산다

　남들은 나를 보며 혼자서도 잘 놀 것 같다고 한다. 겉으로 보기에 항상 밝고 처음 보는 사람에게도 어렵지 않게 말을 거는 외향적인 모습을 보여주어서 그런 것 같다. 흔히들 외향적인 성격을 가진 사람은 혼자서도 잘 놀 수 있다고 정의를 내린다. 혼자서도 잘 노는 사람들이 외향적인 경우가 많지만 나는 그렇지 않다. 나는 혼자서 노는 걸 즐겨본 적도 없고 도전하기도 두렵다. 특히 요즘 세상에 빠질 수 없는 혼밥은 더욱 그렇다. 음식점에 가서 직원이 "몇 분이서 오셨어요?"라고 물어볼 때 한 손가락을 펴며 "한 명이요"라고 말하는 것은 나에게는 너무나 어려운 과제나 마찬가지다.

　고등학교 1학년 때 초등학생 시절에 친하게 지내던 원어민 선생님의 결혼식에 참석하기 위해 부산에 다녀온 적이 있다.

당시 친구들은 시험 기간이 겹쳐 갈 수 있는 사람은 나밖에 없었고, 어쩔 수 없이 혼자 다녀오게 됐다. 아침 일찍 일어나 시외버스를 타고 시간 맞춰 결혼식장에 도착했지만, 막상 도착하고 나니 죄다 모르는 사람뿐이었고 외국인들이 식장을 둘러싸고 있었다. 더군다나 나의 유일한 지인인 원어민 선생님은 그날의 주인공이어서 혼자 있는 나를 챙겨줄 시간이 없었다. 혼자서 결혼식에 참석한 건 처음이라 우왕좌왕하다가 겨우 식장 앞 데스크에서 축의금을 내고 식권을 받았다. 결혼식이 시작됐고 혼자 멀뚱히 선 채로 결혼식을 구경했다. 선생님이 그렇게 행복해하는 모습은 처음 본 것 같았다.

결혼식이 끝나니 하나둘 식당으로 이동했다. 아침 일찍 집을 나선 나는 배가 많이 고팠기에 식당으로 걸음을 옮겼다. 그때까지만 해도 혼자서 밥을 먹을 수 있을 줄 알았다. 그냥 앉아서 먹고 싶은 걸 담아와서 먹으려 했지만, 그러기에는 혼자 먹는 것이 너무 눈치 보였다. 기본적으로 4인에서 5인이 앉는 자리라 모르는 사람들 사이에 끼어서 먹기에도 눈치가 보였다. 하는 수 없이 굶주린 배를 뒤로한 채 배가 고프지 않다며 나 스스로 합리화를 하고 식장을 나와 다시 버스를 탔다.

올해는 주말에 동기들과 함께 택시를 타고 외출을 나가는데, 가는 길에 동기 중 한 명이 혼자 보드를 들고 걸어가는 걸 보았다. 듣자 하니 자주 주말에 혼자 외출을 나가 밥을 먹고 들어온다고 했다. 나는 혼자서 나가는 것까지는 할 수 있다 해도, 앞에서 말했다시피 혼자 식당에 들어가서 밥 먹는 건 너무 민망하기 때문에 그 동기가 신기하면서도 부러웠다.

졸업 후 임관하고 나면 독립을 한다는 기쁨보다는 친구들과 뿔뿔이 흩어져 혼자가 된다는 걱정이 앞선다. 자대가 집 근처가 아니라 멀리 떨어지게 된다면 주변 사람들과의 관계를 다시 새로 시작해야 한다. 그때가 되면 먹고 싶은 게 있어서 음식점에 가서 먹으려고 해도 남의 시선을 의식해 나는 또 혼자 먹는 걸 포기할 것 같다.

이런 상황을 미리 연습하기 위해 3학년 겨울방학에는 혼자 여행을 가보는 걸 계획하고 있다. 청년들에게만 주어진 특권인 '내일로 여행'. 기차를 타고 다니며 우리나라 구석구석을 만끽하는 여행이다. 물론 친구와 함께 가는 것도 좋겠지만 한 번쯤은 혼자서 가보고 싶다. '내일로 여행'을 통해 내가 원하는 곳에 가고, 먹고 싶은 걸 스스로 결정해서 혼자 먹어보는 연습을 하고 싶다.

평소에 외출을 나가더라도 남들이 원하는 것에 맞춰 움직였지 내가 먹고 싶거나 원하는 대로 움직이지 않았다. 나는 수동적인 사람이었다. 그렇기에 내 결정에 따르는 것, 그것을 연습해

보고 싶다.

여행은 어디를 가는 것이 아니라 누구와 가는 것이 중요하다는 말이 있듯이, 그날의 기억을 공유할 수 있는 사람이 없다면 조금 외로울 것이다.

그래도 한 번쯤은 나만을 위한 여행을 가보고 싶다. 굳이 주변을 신경 쓰지 않아도 되고 단지 내가 하고 싶은 것에 따라 행동할 수 있으니 더 존중받는 느낌이 아닐까….

아직 끝나지 않았어

'이상하다. 정말 열심히 노력해서 목표를 이뤘는데 기쁘지가 않다.'

중학생 때 피구부에 들어가 본격적으로 피구를 배웠다. 내가 다니던 학교는 전국에서 피구를 잘하기로 유명했다. 매년 대회에서 수상을 해와서 대회 시즌만 되면 항상 우리에게 시선이 집중되었다. 3학년부터는 선배 없이 우리가 최고참이 되어서 후배들을 이끌어 가야 했다. 선배들의 빈자리가 크게 느껴졌으나 시간이 지날수록 점차 그 빈자리를 우리가 채워나가기 시작했다.

후배들을 이끌고 나간 전국대회. 첫 경기라 그런지 긴장을 많이 한 우리는 실수를 연발했고 결국 처참하게 패배했다. 이제 한 경기라도 더 지면 집으로 돌아가야만 했다. 더는 물러설 곳이 없었다. 우리는 전력을 다해 공을 던지고 받아냈다. 예선전 첫 경기를 제외한 남은 경기를 모두 휩쓸고 우여곡절 끝에 결승에 진출했다. 결승에서 우리는 3세트 중 두 세트를 먼저 따내 가볍게 우승을 거머쥐었다. 아마 인생에서 가장 행복한 순간을 꼽으라면 그때가 아닐까 싶다. 하지만 기쁨도 잠시, 허무함이 밀려오기 시작했다.

'고작 이 트로피 하나 따려고 남들보다 일찍 일어나서 놀지도 못하고 연습했던 건가…'

이 생각이 머릿속을 맴돌았다. 그리고 이제 다시 일상으로 돌아가게 되면 피구를 연습하던 시간에 무엇을 해야 할지 감이 잡히지 않았다. 목표를 이루었지만, 그 순간부터 이룰 목표가 없어졌다. 대회가 끝난 후 학교로 돌아오니 교장선생님이 우리를 반기며 훈화 말씀을 해주셨다.

"아마 목표를 이루고 나서 기쁘기도 하겠지만, 한편으로는 허탈할 거야. 선생으로서 해주고 싶은 말은 그 시간에 너희가 책을 많이 읽고 독서에 집중해줬으면 좋겠다는 거야."

당시 책에는 관심이 없었던 나는 그냥 한 귀로 흘려들었고, 사라지지 않는 이 허무함을 해결하기 위해 인터넷에 '목표달성과 허무'라고 검색했다.

여러 자료를 통해 나만 이런 고민을 하는 게 아니란 걸 알 수 있었다. 전문가들은 내가 겪고 있는 이 감정을 '상승 정지 증후군'이라고 정의한다. 다음은 대한체육회 블로그에서 이 상승 정지 증후군과 관련하여 검색하여 얻은 자료다. 이것은 목표를 향해 열심히 달리던 사람이 더는 성취해야 할 목표가 없다고 생각하게 되는 순간, 심리적으로 허무해지는 현상을 말한다. 산악인 엄홍길 대장은 정상에 선 느낌을 묻는 말에 "기쁨은 잠깐이고 이내 허탈감에 빠진다. 마치 더 이상 살아 있을 이유가 사라져버린 느낌"이라고 답한 바 있다. 이처럼 성취감과 동시에 찾아오는 허탈함은 때론 우리의 삶을 위협하기도 한다.

상승 정지 증후군은 누구에게나 찾아올 수 있다. 누군가는 직장에서 승진을 거듭하다가 결국에 어느 단계에서 멈추게 될 것이고, 언젠가부터 나보다 일을 더 잘하는 후배들이 나타날 것이다. 전에는 며칠만 집중하면 완성할 수 있었던 일도 이제는 더 많은 시간을 들여야 하고, 심지어 그렇게 오래 일하자니 체력이 받쳐주지 못하는 날이 올 것이다. 이런 순간에 우리는 '상승 정지 증후군'을 겪게 된다. 이것은 목표를 달성하지 못한 사람이 아니라 목표를 모두 끝마친 사람에게 더 쉽게 찾아올 수 있다. 어차피 내가 죽으면 다 사라질 것들을 힘들게 쌓아 올린 것 같다는 생각도 들 것이다.

하지만 내가 성취한 것들이 '나'에서 끝나지 않고 내가 정말 소중하게 여기는 누군가에 의해서 이어지고 더욱 발전될 수 있다면 내 노력과 성취는 헛되이 사라지지 않을 것이다.

그렇기에 어떤 분야에서 정점에 오른 사람들은 누가 시키지 않아도, 특별히 일적인 보상을 받지 않더라도 그 자리를 이어갈 다음 세대에게 관심을 기울이기 마련이다. 이렇듯 누군가에게 자신의 자산을 넘겨주는 것은 매우 가치 있는 일이다.

지난 아시안게임 체조 종목에서는 여홍철 선수의 딸 여서정 선수가 금메달을 받았다. 자신과 같은 길을 걸으며 성장 중인 딸의 모습을 지켜보는 아버지의 심정이 얼마나 행복했을까. 이것이 상승 정지 증후군을 극복하면서 내릴 수 있는 최선의 답이다.

그래서 나는 현재 상황에서 내가 할 수 있는 게 무엇이 있을지 곰곰이 생각해보고 한 가지 결심을 했다. 여홍철 선수가 여서정 선수를 지도해 성장을 이어갈 수 있게 했듯이, 나도 우리 학교가 계속해서 전국대회에 나가 우승을 할 수 있도록 힘써야겠다고 다짐했다. 대회가 끝나고 한두 달 정도밖에 학교에서 보낼 시간이 남지 않았을 때 우리는 노는 것보다는 후배들이 더 성장할 수 있도록 연습에 함께 참여해 후배들을 도왔다.

후배들이 성장해서 우리 학교가 또 전국대회에서 1등 하는 걸 생각하면 그보다 뿌듯한 일은 없을 것 같다. 그리고 계속해서 새로운 목표를 만들어나가며 조금씩 목표달성에 대한 성취감을 느낄 것이다. 일단 그보다 우선은, 나의 만족을 대신 채워줄 사람을 찾는 것보다 나 스스로 채워나가는 것이다.

똑같은 수박 속
맛 좋은 수박 고르기

어릴 적 엄마와 마트에 가서 쇼핑을 할 때면 식료품 매장을 가장 먼저 들렀다.

입구에 산더미처럼 쌓인 수박들이 우리를 반겼다. 내가 보기에는 다 같아 보이는 수박이었지만 엄마 눈에는 그렇지 않았나 보다. 엄마는 조금 더 맛있고 질 좋은 수박을 사기 위해 하나하나 두들겨가며 소리를 확인했다. 고민 끝에 가장 맛있는 수박을 찾아냈고 카트에 담았다.

진열된 수박은 그냥 겉보기에는 다 똑같아 보일지라도 자세히 보고 관심을 가지면 차이를 알 수 있었다. 어쩌면 우리가 살아가는 삶도 이 수박들과 비슷하지 않을까? 겉으로 보기에는 크게 다를 것이 없지만, 조금 더 관심을 가지고 보면 다르듯이 말이다. 나도 맛 좋은 수박이 되기 위해서는 아무것도 하지 않은 채 가만히 있기보다는 스스로를 계발해나가야 한다고 생각한다. 그래야 누군가 당신을 두드렸을 때 청량하고 맑은 소리를 낼 수 있을 것이다. 마치 맛좋은 수박처럼.

주위에서 하나둘씩 부사관을 준비한다는 친구들이 생겨날 때 축하는 했지만, 마음 한편의 억울함을 지울 수는 없었다. 나는 남들 놀 때 열심히 공부해 힘들게 이 학교에 입학해 부사관의 길을 걷게 되었다. 하지만 정작 주위에서 부사관을 지원한다고 말하는 사람들은 공부보다는 매일 SNS에 친구들과 놀러 다니는 모습을 올리며 하루를 보내고 있었다. 이들은 쉽게 가는 길을 나만 힘들게 돌아가는 것 같아 후회되곤 했다. 몇몇은 이야기한다.

"우리는 그래도 장기가 보장되니깐 이 사람들처럼 장기 되기 위해 시험 안 쳐도 되고 사고만 안 치면 평생직장을 갖는 거잖아."

하지만 이런 말들은 내게 전혀 위로가 되지 못했다. 결국 밖에서 봤을 때 너 하는 일이 뭐냐고 물어보면 이들도 직업군인, 나도 직업군인이었다. 이대로는 안 되겠다 느끼고 지금 내가 걷고 있는 부사관의 길을 곰곰이 고민했다. 하지만 아무리 고민을 한다고 해서 지금의 생활을 박차고 나갈 자신은 생기지 않았다.

이런 상황에서 좌절만 하고 있기보다는 지금 내가 할 수 있는 일들을 찾기 시작했다. 우선 차별화를 두어야 했다.

아무리 똑같은 부사관이라 해도 노는 것만 즐기고 시간을 보내는 부사관과 조금이라도 더 배우기 위해 공부하는 부사관 사이에는 분명 큰 차이가 있을 것이다. 열심히 공부한 이 하루들이 쌓이면 10년 뒤 이들 간의 격차는 비교할 수 없이 벌어져 있을 것이다. 〈세바시(세상을 바꾸는 시간 15분)〉에서 개그맨 김영철은 언젠가는 미국 코미디에 자신이 나올 것을 꿈꾸며 고된 일과가 끝나고 꼭 영어를 배우고 있다고 했다.

만약 김영철이 미국 코미디에 진출하지 못했다면 꿈을 이루지 못했으니 실패한 인생일까? 강연에서 그가 한 말이 여전히 기억에 남는다.

"안 이루어지면 어때요. 저는 그렇게 생각해요. 진짜 미국 가서 성공하면 너무 좋겠지만 안 돼도 돼요. 안 되면 저는 그냥 영어를 잘하는 사람으로 남는 거니까요."

목표를 이루어 나가는 과정에서 비록 실패한다고 해도 그것은 실패가 아니다. 내가 만약 보디빌더 대회에 나가 수상을 하는 것을 목표로 운동을 했다고 생각해보자. 비록 내가 대회에 나가 상을 타지 못했다고 하더라도 내 몸은 운동을 통해 조금 더 건강한 몸이 되었을 것이다. 이를 통해 나는 아무런 운동도 하지 않고 시간을 보냈던 어제의 나보다 더 나은 내가 되어 있는 것이다.

즉, 목표를 이루지 못했다고 해서 그것이 내게 있어 시간 낭비를 뜻하지는 않는다. 물은 고여만 있으면 썩게 된다. 사람도 마찬가지로 아무것도 하지 않고 현실에 안주해 머무른다면 결국 발전은 있을 수 없다.

마지막으로 도종환 시인의 '흔들리며 피는 꽃'을 통해 글을 마무리 짓고 싶다.

흔들리지 않고 피는 꽃이 어디 있으랴
이 세상 그 어떤 아름다운 꽃들도
흔들리면서 줄기를 곧게 세웠나니
흔들리지 않고 가는 사람이 어디 있으랴

젖지 않고 피는 꽃이 어디 있으랴
이 세상 그 어떤 빛나는 꽃들도
다 젖으며 피었나니
바람과 비에 젖으며 꽃잎 따뜻하게 피웠나니
젖지 않고 가는 삶이 어디 있으랴

또 늦었어?

　나는 학교에서 지각대장이라는 별명이 붙을 정도로 지각을 많이 했다. 초등학생 때부터 지각하는 건 내게 대수롭지 않은 일이었다. 학교와 집은 가까웠지만, 매번 시간에 딱 맞추어 가려 해서 느긋하게 준비를 했던 게 문제였다.

　중학생 때는 지각을 하지 않은 날보다 제시간에 등교한 날을 세는 것이 오히려 더 쉬울 정도였다. 학교에서는 가점 및 감점 현황을 교무실 앞 게시판에 붙여놓고 볼 수 있게 했는데, 두 부문 모두 내가 금메달이었다. 가점도 1등, 감점도 압도적으로 1등이었다. 감점 사항은 모두 지각으로 인한 감점들이었다. 종합 1등을 했지만 게시되어 있는 감점을 보고는 부끄러워 쥐 구멍에라도 숨고 싶은 기분이었다. 감점이 일정량 쌓이면 학교에서는 수업이 끝나고 남아 명심보감이라는 '빡지'를 써야 했고 나는 그게 너무 싫었다. 내가 지각을 하지 않는 것에 대한 어떤 도움도 되지 않았고 그저 글을 쓰는 팔만 아플 뿐이었다. 차라리 그 시간에 밖에 나가서 공이나 차고 싶었다. 감점이 받기 싫어 지각하지 않기 위해 엄마한테도 일찍 깨워달라고 해보았고 학교에서 씻어도 봤지만 지각하는 습관은 하루아침에 고쳐지지 않았다.

부모님 두 분이 해외여행을 가셨을 때 집에 남아 있는 누나와 나를 아침에 깨워줄 사람은 아무도 없었다. 등교 시간은 8시 20분까지였지만 일어나 보니 8시 40분이었다. 대충 고양이세수를 하고 머리에 물만 묻힌 뒤 자전거를 타고 학교에 도착했다. 다행히 1교시 수업시간보다는 일찍 도착했지만 아침조회는 진행 중이었다. 뒷문을 여니 모두가 나를 쳐다봤다. 좋지 않은 일로 내게 관심이 쏠리니 민망함은 두 배가 되었다. 이때부터 한동안은 다시 지각하지 않았다. 하지만 세 살 버릇 여든까지 간다는 속담처럼 나의 지각하는 버릇도 이렇게 쉽게 끝나진 않았다.

피구 대회를 준비하고 있던 우리는 7시 20분까지 학교에 모여 연습을 해야 했지만, 나는 매번 제시간에 도착했지 못했고 선생님에게 혼나기 일쑤였다. 반복되는 지각을 보다 못한 선생님은 7시 20분이 되자마자 문을 걸어 잠그셨고, 나를 비롯한 네다섯 명의 지각생은 문이 잠겨 들어가지 못하고 멀뚱히 서 있기만 했다. 잠긴 문을 보며 민망한 감정이 앞섰다. 3학년이 돼서 지각만 하고, 열심히 연습하고 있는 후배들에게 좋은 본보기를 보여주지 못했다.

　나의 지각라이프는 학교로만 한정된 것이 아니었다. 중국집 알바를 할 때는 가게 오픈을 책임졌다. 가게 오픈시간이 11시 30분부터여서 보통 10시쯤에 와서 청소했는데 사장님은 우리를 믿고 그 시간에 출근하지 않고 오픈 시간에 맞춰 출근하셨다.

　사장님은 어차피 우리보다 늦게 온다는 안일한 생각에 하루는 출근 시간보다 늦게 도착해서 일한 적이 있었다. 하필이면 그날 사장님이 전화로 심부름을 시키셨고 말로는 금방 도착한다 했지만, 버스를 타고 가고 있었다. 도착하니 원래 출근 시간보다 20분이나 늦었고 그제야 심부름을 할 수 있었다. 그렇게 나와 친구는 사장님에게 호된 꾸중을 듣게 되었다. 여기는 학교가 아니라고, 학교처럼 지각해도 되는 곳이 아니라며. 선생님한테는 늦어도 핑계를 대고 감점 조금 받으면 끝이지만, 사회에 나가서는 그런 핑계 따위는 통하지 않는다고 말씀하셨다.

　사장님의 말씀 덕인지 지각을 하던 내 모습도 이제는 거의 사라져 갔다. 누군가와 약속이 있다면 약속 시각에 딱 맞추어서 가기보다는 5분 정도는 먼저 도착하는 습관을 실천하는 중이다. '관계에서 믿음을 주기 위해서는 5년으로도 부족하지만 믿음을 깨는 건 5분이면 충분하다'는 말이 있다.

혹시 '나도 지각을 많이 하는데…'라는 생각이 든다면 당신에게 몇 가지 방법을 추천해주고 싶다.

첫 번째, 잠자리에서 스마트폰 사용하지 않기.

눈이 감기기 전까지 휴대전화를 손에 쥔 채 살아가는 사람들이 많을 것이다. 하지만 잠들기 전 휴대전화를 하다 보면 잠드는 시간이 미뤄지고 결국 수면시간이 줄어든다. 우리는 충분히 자야 아침에 가뿐하게 일어날 수 있다. 그러니 잠자기 30분 전, 휴대전화보다는 책을 손에 쥐어보는 건 어떨까?

두 번째, 커튼이나 블라인드를 치지 않고 잠자리에 들기.

커튼을 치고 잠자리에 든다면 깨어나도 여전히 어두침침해서 잠의 유혹에 빠지게 된다. 하지만 커튼을 치지 않았다면 눈부신 아침 햇살 때문에라도 눈꺼풀이 가벼워진다. 계속 감기는 눈이 걱정이라면 아침 햇살의 도움을 받아보자!

세 번째, 하루를 10분 일찍 살기.

가장 추천해주고 싶은 방법이다. 당신이 소지하고 있는 모든 시계를 10분만 앞당겨 맞추어라. 그렇게 된다면 당신은 그저 시간을 딱 맞춘 것뿐이지만 세상의 시간에서는 10분 일찍 약속 장소에 도착한 것이다.

사람과 사람 사이의 관계는 믿음에서부터 시작된다. 그중 시간약속은 이 믿음의 기본이 되어준다.

책을 읽는 당신은 시간약속 때문에 갈등을 빚지 않길 바라며 위 방법들이 도움이 되었으면 한다.

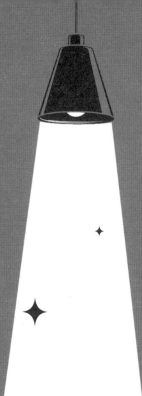

이곳은
학교가
아닙니다

총기는 제2의 생명이다

총기는 제2의 생명이며 마치 애인 대하듯 아주 소중히 다루어야 한다. 군대를 다녀온 사람들이라면 처음 총기를 입고 받은 날을 잊을 수 없을 것이다. 총기PT와 함께 총기를 두 눈으로 마주하며 총기번호를 목 놓아 외친다.

그러나 단상 위, 손으로 만지면 뜨거워 금방이라도 손을 떼야 할 것 같은 새빨간 모자에, 두 눈을 바라볼 수 없을 만큼 새까만 선글라스를 끼고 있는 조교들은 쉽게 놓아주려 하지 않는다. 점심도, 저녁도 굶기고 총기번호를 외우게 시킬 정도로 총기번호 교육을 한다.

군복이 땀으로 젖어 축축해지고, 팔에 힘은 다 떨어져 더는 총기를 들 힘조차 사라질 때쯤 조교는 이 교육을 마친다. 머리가 기억하기보다는 몸이 이 번호를 기억하기 때문에 여전히 잊히지 않고 뇌리에 깊숙이 박힌다.

여섯 자리 숫자를 외우기만 하면 될 것을 왜 굳이 힘들게 동기부여까지 받아가며 외우게 하는 것일까. 왜 총기는 제2의 생명이라고 애인처럼 소중히 다루라고 하는 것일까. 아무것도 모른 채 행하는 행동들로만 봐서는 결코 이해할 수 없는 행동들이다. 그렇지만 대장이 단상 앞에서 총기와 총기번호를 수여하며 했던 말은 머릿속 깊이 박혀 있다.

"총은 사람을 죽이는 용도로 쓰이죠? 그렇지만 이 총을 어떻게 사용하느냐에 따라 사랑하는 사람을 지킬 수도 있습니다. 또 누군가에게 사랑받는 사람을 위협할 수 있는 게 바로 이 총입니다."

총기는 나와 내 소중한 사람을 지키는 무기가 될 수 있지만, 한편으로는 다른 사람을 한방에 죽일 수 있는 무기가 되기도 한다. 그렇기에 내가 방아쇠를 잘못 당기면 그 오발탄은 누군가로부터 사랑받는 이를 하루아침에 세상과 이별하게 할 수 있는 아주 무서운 무기가 된다.

내가 이 총을 들고 삶과 죽음 사이에서 저울질을 할 수 있기 때문에 많은 사람들과 내게 소중한 이들이 편안히 잠을 잘 수 있다. K2소총의 무게는 대략 3.26kg. 그러나 이 총으로부터 내가 지켜야 할 생명의 무게는 이 총과는 가늠이 되지 않을 정도로 훨씬 클 것이다.

제2의 생명이자 애인과 같은 총. 이 총을 통해 사랑하는 사람을 지킬 수 있다면 총기번호를 외운다거나 총검PT를 한다는 것은 껌이지 않을까.

가스! 가스! 가스!

화생방은 대량살상무기인 화학, 생물학, 방사능의 앞글자를 딴 용어다. 화생방훈련을 경험해보지 않아도 여러 매체를 통해 많이들 접해봤을 것이다. 여러 명이서 앞사람 어깨를 잡고 연기가 가득한 방으로 들어간다. 잠시 뒤 다들 고통스러운 표정으로 발버둥을 친다. 이후 다시 문이 열리고 나올 때 눈물, 콧물을 쏟아내고 심한 사람은 구토를 하기도 한다.

직접 화생방을 체험해보지 않고 그저 매체를 통해서만 봤을 때 반응은 '정말 고통스럽겠다'와 '화생방이 얼마나 맵고 따가운 거야?'였다. 나 역시 화생방을 들어가기 전까지만 해도 같은 생각을 했다. 어찌 보면 매체에서 너무 과장해가면서 방송을 하는 건 아닌지 의심하기도 했다.

사실 훈련단에 들어오기 전 학교에 있을 때, 정확히 열여

덟 살로 넘어가던 그해 겨울. 군사훈련 집중 강화기간을 하며 우리는 화생방을 체험할 수 있었다. 교관님들의 말씀으로는 간혹 내성 혹은 면역이 있어 화생방에 들어가도 아무렇지 않은 사람이 있다고 하는데 혹여나 내가 그중 한명은 아닐까 부푼 기대를 하고 들어갔지만 현실은 냉정했다.

CS탄이라는 입자가 피부에 닿기 시작하면서 얼굴이 점점 따가워지고 기침이 나오기 시작했다. 다들 CS입자에 괴로워하며 발버둥치고 고통을 호소하지만 조교는 아무렇지 않은 듯 문만 지키고 서 있다. 잠시 뒤 방송이 나오기 시작한다. "정화통 분리!" 정화통 분리는 눈치싸움이나 다름없다. 다 같이 신속하게 분리하고 다시 교체하는 것이 가장 이상적이지만 꼭 한 명씩 헤매는 동기가 있다. 혹여나 그곳에서 정화통을 떨어뜨린다면 가장 먼저 정화통을 분리한 사람은 더 이상 숨을 참을 수 없어 지옥을 맛보게 된다. 그렇기에 서로 눈치를 보며 정화통을 분리하게 된다.

그러나 이런 모습들은 아주 단편적인 것일 뿐이다. 옆에 동기가 정화통을 떨어뜨려 찾지 못해 헤매고 있다면 대신 정화통을 주워 정화통을 교체해준다. 문이 열려 다시 밖으로 나갈 때는 눈물과 콧물을 닦으라며 서로의 수통을 서슴없이 빌려주는 훈훈한 모습을 볼 수 있다.

이전에 화생방을 체험한 적이 있지만 여전히 화생방은 들어갈 때마다 두렵다. 2년이라는 시간이 흘렀어도 여전히 그때 그 맛을 고이 간직하고 있었다. 다만 변한 것은 여유가 생겼다는 거다. 자기만 챙기느라 바쁜 것이 아닌, 주변 동기들 중에 헤매는 동기는 없는지 서로를 챙기는 모습을 확인할 수 있었다.

비록 가스의 맛은 그대로였지만 우리는 그때에 비해 보다 성장한 것은 아닐까.

P.S.

가스실에서 도중에 나가면 그 제대는 다시 한번 더 들어가야 하니 주의하기 바란다.

유격… 유격… 유격대! 유격대!

유격훈련.

적지나 전열 밖에서 그때그때 형편에 따라 적을 기습적으로 공격하는 전술을 익히는 훈련. 주로 적진에 침투하거나 소규모 전투를 수행하기 위한 훈련이다.

유격훈련을 받게 되면 더 이상 후보생이 아닌 보라매로 가슴팍, 등, 방탄모에 번호표를 붙인 채 관등성명을 하게 된다. 아마 다들 한 번씩은 TV에서 보던 군프로그램 방송이나 의무복무를 통해 접하거나 경험해봤을 것이다.

이 기간 동안에는 조교의 시범 아래 1번 높이뛰기부터 14번 팔동작 몸통 받쳐까지 14개로 구성된 유격체조를 배운다. 하나하나 동작을 배우며 체조번호와 이름, 동작을 다 외워야 하는게 관건이다.

체조만 배우면 좋겠지만 체조를 하며 보라매들이 보다 집중할 수 있도록 조교들은 마지막 번호 생략, 3의 배수 생략 등 반복구호 생략과 함께 체조를 시킨다. 혹여나 실수로 반복구호를 외쳤다가는 싸늘한 분위기, 차가운 시선과 함께 뒤에 서 있는 조교와 둘만의 시간을 갖게 된다.

유격체조의 꽃. 8번 온몸 비틀기와 함께 여기저기서 괴성이 쏟아진다. 그렇다고 조교는 멈추지 않는다. "약한 모습 보이지 않습니다"라는 말과 함께 보다 강도 높은 체조를 경험하게 된다.

재밌는 사실 하나는 유격체조를 틀리면 다시 처음부터 가거나 그 동작이 아닌 8번 온몸 비틀기를 시킨다는 것이다.

유격기간 마지막 날에는 일명 '기수깨기'라는 것을 하게 된다. 유격체조 동안 배웠던 동작들 중 한 동작이나 모든 동작을 내가 소속된 기수의 숫자만큼 실시하게 된다. 그 때문에 50기인 나와 동기들은 모든 동작을 각각 50번씩 수행했다. 여기저기서 요란한 소리가 들려왔고 고된 훈련에 지쳐 있던 동기들은 다리에 쥐가 나기도 했다.

그러나 기수깨기는 어찌 보면 내가 속한 기수의 명예를 지키는 일이라 손이 찢어져 피가 나고 다리에 쥐가 나도 누구 하나 쉽게 포기하지 않는다.

그리고 대망의 마지막 체조의 50을 외쳤을 때 우리의 50

이라는 목소리와 함께 저 멀리 있는 산에서도 50이라는 숫자가 크게 들려왔다.

　유격훈련이 끝나고 비록 몸은 지치고 힘들지만 50기의 명예를 지켰다는 생각에 함께 웃으며 고생한 서로를 격려했다. 이로써 3대 주요훈련 중 하나인 유격을 무사히 마쳤다. 그렇지만 아직 훈련이 끝난 게 아니다. 나는 다시 보라매에서 후보생으로 복귀했다.

끝이 보이지 않는 길을 나아가며

행군은 작전상 또는 훈련상의 요구에 따라 군대가 차량이나 도보에 의하여 한 지역에서 다른 지역으로 이동하는 일을 이야기한다. 행군은 군사작전을 위해 부대 단위의 제대가 전투력을 이동시키는 것이며 엄연한 전술적인 행동을 지칭한다.

행군을 단순히 걷는 것이라 생각하면 큰 오산이다. 어깨에 걸고 다니는 3kg의 총, 허리에 둘러차는 0.8kg의 방독면, 머리를 둘러싸는 전투헬멧, 전투화, 모포, 전투복, 야전삽이 들어 있는 배낭 등 모든 것을 몸에 두른 채 긴 여정을 떠나야 한다.

점심시간은 언제인지, 저녁은 어디서 먹는지, 어디서 쉬는지도 모른 채 앞사람의 배낭에 시선을 향하고 한 걸음 한 걸음 걸어 나가야 한다. 행군하다 탈진하는 사람들 혹은 심하게 다쳐 행군이 불가능한 사람들을 위해 뒤에는 앰뷸런스가 준비되어 있지만 그것을 타는 순간 그간에 내가 했던 노력들은 모두 물거품이 되고 만다.

허벅지에는 알이 배기고 발에는 물집이 잡힌다. 그러나 가장 큰 문제는 전투화 안에 작은 알갱이나 무언가가 들어갔을 때다. 그때부터는 새로운 고통의 시작이다. 행군 도중에 이 알갱이를 빼고 싶다 해도 중간에 제대를 이탈할 수 없으니 참는 것 빼고는 딱히 당장 해결할 방법이 없다.

끝이 어딘지 모르는 거리를 하루 종일 걷다 보면 육체적으로 힘들다기보다는 정신적으로 사람이 지쳐간다. 행군은 조교가 딱히 동기부여를 주지도 않는다. 그저 행군 내내 나 자신과의 싸움을 벌일 뿐이다.

힘들 거면 차라리 육체적으로 힘든 게 낫다. 육체적인 고통은 잠깐이면 끝이 나지만, 정신적인 고통은 잠깐이 아니다. 아주 고통스럽다.

이 정신적인 고통을 해소해주는 것은 바로 딸기몽셸과 촉촉한 초코칩이다. 행군 도중 먹는 이 두 음식은 밖에서 먹었을 때와는 비교할 수 없을 정도의 맛을 느낄 수 있다. 몽셸 사이로 나오는 딸기잼은 금방이라도 말라비틀어질 것 같은 내 혀를 감싸안아주고 촉촉한 초코칩은 훈련에 지친 나를 달래준다.

아마 이 두 음식이 없었다면 행군 도중 낙오를 선언했을

지도 모른다. 개인적으로 나는 그 어떤 훈련보다도 끝이 없는 길을 무거운 군장을 멘 채 한 발 한 발 나아가야 했던 행군이 가장 힘들었다.

가장 많은
시간을
함께하는
친구

누군가가 나를 싫어한다면

중학생 때 나는 친한 친구와만 어울려 놀았다. 그 외에 친구들과는 말을 잘 섞지 않았다. 굳이 모두와 친하게 지낼 필요는 없다는 생각에 그랬다. 그러다 학교에서 견학을 가게 되었고 부서별로 이동해 체험했는데, 우리 부서에서 나와 친한 친구는 없었다. 친하지 않아서 무리 속에 억지로 끼는 건 불편했고 더군다나 민폐라 생각했다. 얼떨결에 무리에 껴서 함께 놀긴 했지만, 아마 그 친구들도 많이 불편했을 것이다.

고등학교에 들어와서는 성격이 많이 변했다. 친구 관계에 있어 중학교 때와 같은 불편한 감정을 느끼기 싫었던 마음이 들어 성격을 바꾸기 위해 노력했다. 전에는 친하지 않으면 말도 잘 섞지 않았지만 억지로라도 내가 먼저 말을 걸고 다녔다. 그러자 변화는 있었다. 누구와 있든 불편함 없이 말할 수 있게 되었다.

이처럼 성격을 바꿔 지금과 같이 친하지 않은 동기들과도 어색하지 않게 지내는 게 마냥 좋은 줄만 알았다. 하지만 조금씩 나는 지쳐갔다. 남에게만 맞추다 보니 나를 버려가면서 내 내면에 새로운 나를 들이는 기분이었다. 아직도 뭐가 옳은지, 어떻게 행동하는 게 바람직한지 정답은 잘 모르겠다. 친하지도 않은 친구들에게 굳이 내 모습을 없애가면서까지 친하게 지내려고 해야 하는지, 아니면 마음이 통하는 친구들과 사이좋게 지내면 되는지 말이다.

그런데 이런 고민이 단지 나만의 고민은 아니었다. 다른 몇몇 친구들도 학교에 들어오기 전과 후를 비교했을 때 성격이 많이 변했다는 걸 스스로 느끼고 있었다. 우리 모두 피에로처럼 사는 것 같았다. 피에로의 겉모습은 항상 웃고 있지만, 가면 속 피에로의 표정은 그 누구도 알지 못한다. 그 속에 들어 있는 슬픔, 우울함, 힘든 감정은 우리에게 보이는 그 이상으로는 이해할 수 없다. 피에로가 불쌍했다. 아니, 나와 같은 고민을 하는 모두가 애달팠다.

"나다운 게 뭔데?!"

닳고 닳은 이 대사처럼 나로 사는 게 뭔지 잘 모르겠다. 이대로 가다가는 진짜 나를 잃을까 두렵고, 다른 누군가에 의해 나를 잃고 싶지 않아 생각을 정리했다.

모두에게 잘 보일 필요는 없다. 누군가가 나를 좋아한다면 이유 없이 나를 싫어하는 사람 또한 분명 존재한다.

모두에게 예쁨 받는 삶을 바라는 마음을 버리는 것. 상대방의 나를 싫어하는 감정을 없애겠다고 굳이 애쓰지 않는 것. 나 자신을 아껴줄 방법이다. 누굴 미워하면서까지 그가 무너지길 바라며 내 시간을 보내는 건 쓸데없는 시간 낭비다. 그저 적절한 거리를 유지하고 신경을 끄는 방법밖에는 없다.

누군가가 이유 없이 당신을 싫어할 때면 그 사람의 마음을 돌리기보다 차라리 신경 쓰지 않고 내 갈 길 가는 것이 이 세상을 살아가는 데 훨씬 도움이 되지 않을까.

마음속 결핍

군대에 있는 친구에게서 전화가 걸려왔다. 요즘은 여러 명이 줄을 서서 정말 잠깐밖에 통화하지 못하는 군내 전화기를 사용하지 않는다고 한다. 군내 전화기를 쓰던 예전에는 뒤에 사람이 기다리고 있어서 통화를 오래 하면 눈치가 보였다고 한다. 하지만 이제는 군대에서도 휴대폰을 사용할 수 있다고 한다. 더 이상 손으로 편지를 쓰고 편지를 기다리는 설렘은 느낄 수 없는 것이다. 미리 군대를 다녀온 사람들은 하나둘 이야기하곤 한다. "나 때는 그런 거 상상도 못했는데, 요즘 군대 많이 좋아졌다."

남의 떡이 더 커 보이듯 상대가 지금 하고 있는 고민과 걱정보다는 내가 지금 하고 있는 고민과 걱정이 비교할 수 없이 더 힘들다고 생각한다. 어차피 내가 보는 세상은 나를 위주로 돌아가기 때문이다.

우리는 모두 마음속의 결핍 하나씩을 가지고 산다.

당당하게 '나는 아무 고민 없어요'라고 말할 수 있는 사람이 있을까. 그런 사람이 있다면 아무런 고민이 없다는 것이 되레 고민이다. 사람들은 저마다의 고민과 걱정이 있다. 그렇지 않은 사람이 있다고 한다면, 단지 그것들을 입 밖으로 내뱉지 않을 뿐 혼자 속으로 앓고 있는 것이다.

책 『수상한 북클럽』에서는 각자만의 상처, 결핍을 그 누구에게도 말하지 않았던 학생들이 모여 책을 읽으며 자신들의 상처를 공유하고 서로를 위로한다. 그렇게 학생들은 나만 고민을 하는 게 아니라 우리 모두는 저마다 한두 개의 결핍을 가지고 있다는 걸 알게 되고, 왜 그때 내가 한 말에 그가 그런 반응을 했는지, 내가 보기에 별것도 아닌 일 혹은 말에 그렇게 신경을 곤두세웠는지 이해하게 된다. 우리는 그의 입장에서 그가 겪은 일들을 경험해보지 못했기에 더욱 쉽게 이야기한다.

이 이야기를 하다 보니 예전에 선생님이 해주신 말씀이 기억난다.

"나를 힘들게 하는 사람은 본인의 인생이 꽤나 힘들어서 그런 경우가 많다. 한번 부딪쳐서 속사정을 들어보는 것도 좋다."

나를 힘들게 했던 사람들도 결핍을 가지고 있다고 하니, 왜 내 결핍을 가지고 트집 잡으며 나를 그토록 괴롭혔는지 분한 마음에 한마디 하고 싶기도 하지만, 나 역시 그와 같은 사람이 될까봐, 그리고 그에게도 결핍이 있다는 생각에 어찌 보면 안쓰러움이 함께 들며 그냥 내가 당하지, 라는 생각에 참아준다.

결국 아무런 고민이나 걱정 없이 완벽한 사람은 없다. 그런 사람은 단지 완벽해 보이고 싶어하는 것뿐이다. 우리는 모두 저마다의 부족한 점이 있고 결핍들이 있다. 서로의 결핍이 있고 그 사이 빈틈이 있기에 우리가 그 바늘구멍같이 자그마한 그 공간으로 파고 들어간다. 그 사람의 마음속에 도착해 서로의 결핍을 공유하며 어느새 서로의 결핍을 옆에서 함께 고민해주고 그 자리를 채워주고 있다.

친구

　'인생에서 가장 슬픈 순간은 최고의 추억을 준 사람이 추억이 되었을 때다.'

　초등학교 친구들이 모여 있는 톡방에 문자가 왔다.

　"오늘 이하연(가명) 보러 같이 갈 사람?"

　벌써 1년이 지났다. 1년 전 오늘, 내 친구는 세상과 이별했다.

　무더운 더위가 끝날 기미가 보이지 않던 1년 전, 친구의 집에서 화재가 났다. 새벽에 불이 나 친구와 가족들은 서둘러 탈출을 하려 했지만 내 친구는 대피가 늦어졌고 빌라 창문을 통해서야 겨우 나올 수 있었다. 높은 곳에서 뛰어내렸기 때문에 피해는 더욱 컸다. 병원에 도착했을 때 이미 온몸은 심한 화상을 입었고, 척추에도 손상이 많이 간 상태였다. 당시 친구의 오빠는 군 복무 중이라 부대 내에서 나갈 수 없었던 터라 휴대폰을 통해서 가족들의 상태를 확인하고 주변에 도움을 구했다.

친구는 출혈이 심해 피가 부족했다. 누구 하나 빠짐없이 헌혈증을 구하기 시작했다. 모두가 노력한 덕분에 헌혈증은 충분히 구해졌지만, 세상은 너무나도 야속했다. 힘든 시간을 뒤로한 채 친구는 하늘의 별이 되었다. 학교에서 부대 견학하러 가던 버스 안에서 부고를 전해 들은 나는 믿을 수 없었다. 불과 몇 주 전 친구의 동생을 놀이공원에서 만나 용돈도 주고 친구에게 연락도 했었는데, 작은 불씨 하나로 모든 것이 바뀌어버렸다. 신을 원망하기도 했다. 친구의 아버지는 교회 목사님이었기에 수많은 목사님이 와서 함께 기도를 드렸다. 하지만 그 전지전능하다는 하나님은 왜 아무것도 하지 않았는지 만날 수만 있다면 직접 물어보고 싶었다.

'하나님, 이 어린 친구를 어째서 벌써 세상과 이별하게 하려 하십니까?'

초등학교 친구들에게도 너무 미안했다. 초등학교 친구들은 모두 친구의 마지막을 함께했지만 나만 가지 못했다. 친구인 현우가 연락이 와서 장례식에 올 수 있는지 물어볼 때 학교에 있어서 힘들 것 같다고 말했다. 피를 나눈 관계가 아니라며 내보내주지 않았던 학교가 그 순간 너무나도 야속했다.

초등학교를 졸업한 이후로 중학교 3학년이 되어서야 다시 한자리에 모일 수 있었다. 그 시절을 기억하며 자주 갔던 노래방에서 시간을 보내고 모교도 다시 방문했다. 많이 달라진 외관의 학교에 놀라기도 했다. 그리고 헤어지기 전 약속했다. "3년 뒤, 수능 끝나고 우리 다시 만나자." 하지만 모두가 한자리에 다시 모이자는 약속은 이뤄질 수 없었다.

석가모니는 말한다. "만나면 반드시 헤어져야 하는 것이 인생이 정한 운명이다." 나와 친구들은 이 운명을 남들보다 조금 일찍 경험한 것이다.

우리의 인생은 정말 한 치 앞의 미래도 예상하기 힘들다. 그렇기에 뒤늦게 후회해봤자 이미 되돌릴 수 없다. 그러니 연락을 하지 않고, 다음에 하면 된다는 생각으로, '다음에 더 오래 연락하면 되겠지'라는 생각으로 소중한 사람과의 연락을 부디 미루지 않았으면 한다. 우린 모두 당장의 내일도 예측할 수 없는 불완전한 존재라는 것을 기억했으면 한다.

'하연(가명)아, 아마 세상에는 너를 아는 사람보다 모르는 사람이 많을 거야. 하지만 이 글을 통해 사람들이 너의 죽음을 잠시나마 기억해줬으면 좋겠어.

생각해보면 친구라는 단어는 참 신기한 것 같아. 친구는 지치고 힘들 때 나를 웃게 해주는 몇 안 되는 단어 중 하나잖아. 우연히 길을 걷다가 너희 동생을 마주친 적이 있어. 아마 하진(가명)이가 나를 너무 어릴 때 봐서 기억하지 못하는 것 같아. 그래도 친구들이랑 다니면서 웃고 있는 모습이 보기 좋더라. 하늘에 있어도 동생들 많이 응원해주고 우리도 많이 응원해주라. 애들 모아서 다 같이 꼭 보러 갈게. 기억해줬으면 좋겠어. 너는 우리의 둘도 없는 소중한 친구야. 보고 싶다 친구야.'

보고 싶어 지우야

"그래도 지우(가명)랑 같이 이야기할 때 신기중학교 이야기하면 지우는 너를 제일 좋아했다. 나도 그렇게 느꼈고 항상 네 이름 먼저 나오고 경창이 요즘 뭐 하고 사냐고 물어보고 나중에 한번 만나자, 라고 했었는데. 내 페북에 주소 있으니깐 저장해놨다가 보러 가라 경창이."

2019년 2월 15일. 죽음이라는 단어를 가장 생생하게 입 밖으로 꺼낸 날이다. '설마 내 주위에서 이런 일이 일어나겠어' 했던 일이 실제로 일어났다. 친구가 술을 마신 뒤 그날 밤 아파트에서 뛰어내려 세상과 이별했다. 아직도 믿기지 않는다. 동네에서 마주치면 서로 안부를 묻곤 했었는데…. 하루아침에 일어난 일이었다. 만약 연락이 오지 않았더라면 평소처럼 학교 친구들과 시간을 보내고 있었겠지만, 그날은 달랐다. 친구의 죽음을 알게 된 건 정확히 일주일 뒤였다. 친구 부모님도 상황을 정리하는 데 시간이 필요해서 뒤늦게야 이 사실을 알 수 있었다.

학교에 있던 나는 주말 외출을 통해 친구에게 가기로 했고 금요일 저녁 정복을 다렸다. 와이셔츠도 가지고 있는 것 중 가장 깨끗한 것을 입고 구두도 깔끔하게 광을 냈다. 토요일 아침 기상과 함께 대구로 가는 가장 빠른 버스를 타고 무거운 발걸음을 옮겼다. 도착하고 나서도 쉽게 발을 내디딜 수 없었다. 친구의 죽음을 받아들이고 싶지 않았다. 결국 30분 넘게 들어가지 않고 망설이다 용기를 내어 들어갔다. 수많은 유골 단지들 중 친구를 찾는 것은 어렵지 않았다. 죽음이라는 단어를 입 밖에 올리기에 사진 속 내 친구는 너무 어렸다. 이제는 친구가 환하게 웃는 모습을 사진으로밖에 볼 수 없다는 현실에 애써 참았던 슬픔이 몰려왔다.

2월 8일. 정확히 그날은 내 생일 하루 전날이다. 내가 다가올 생일에 대해 부푼 기대감을 가지고 있던 날이, 친구에게는 너무 힘들어 삶을 포기해야겠다고 생각한 날이었다. 힘이 들 때 곁에 있어주는 친구가 진정한 친구라고 말한다. 하지만 나는 친구가 힘들 때 아무런 도움도 주지 못한 채 친구를 떠나보냈다. 이럴 줄 알았다면 평소에 연락 좀 할걸, 여전히 후회하고 있다.

뒤늦게야 알았다. 친구 관계는 별다른 게 없다는 사실을. 그저 곁에서 고민을 들어주고 힘든 일이 있을 때 함께 슬퍼해주는 존재, 그것이 바로 친구다.

하지만 나는 이렇게나 간단한 사실을 소중한 친구를 잃고 나서야 알 수 있었다. 책을 읽는 독자들은 부디 이 사실을 조금 더 빨리, 소중한 것을 잃기 전에 알 수 있었으면 좋겠다. 그리고 바쁜 일상에 지쳐 친구를 잊고 있던 지금, 안부를 전해보는 건 어떨까?

'미안하다 지우야. 지금에서야 후회하고 이렇게 편지를 쓰고 있어. 네가 힘들 때 도움이 되지 못한 나를 용서해줘. 내 기억 속에 너는 누구보다 강했어. 아무리 강한 상대를 만나도 절대 기죽지 않았었지. 신기했어. 어디서 저런 자신감이 나오는지. 점심시간에 몰래 나와 떡볶이 사 먹었던 일, 수업시간에 장난치다 쫓겨난 일, 함께 준비한 장기자랑 랩. 이제 그 시절의 기억들을 추억할 사람이 없다는 생각에 공허해져. 아마 지금 내가 보고 있는 유골함 속 사진이, 그리고 열여덟의 너의 모습이, 내 기억 속에서는 이제, 더 이상 자라지도 늙지도 않은 채 여전히 열여덟의 소년으로 남아 있겠지?

늙는다는 게 항상 좋지 않을 거라 생각했는데 지금 생각해보면 꼭 그렇지만은 않은 것 같아. 너도 그냥 우리랑 같이 한 살 한 살 함께 늙어갔으면 좋겠어. 너랑 같이 성인 돼서 술도 마시고 싶었는데 아마 같이 술 한잔하려면 조금 많이 기다려야 할 것 같아. 아직 나는 하고 싶은 게 너무 많거든. 하늘에서 나를 보면서 응원해줬으면 좋겠어 지우야. 가끔 내가 안 좋은 길로 빠지려고 할 때면 꿈속에 찾아와 혼도 내주고, 힘들어 보이면 위로도 해주라. 그리고 누가 나를 얕잡아보고 건들려 하면 강한 상대를 만나도 절대 기죽지 않았던 네 모습을 내 안에서 나오게 해줘. 아마 다시 만나게 될 때 내 모습이 지금과 달리 많이 변해 있어 못 알아볼 수도 있을 거야. 그래도 한눈에 나를 알아봐줬으면 좋겠어. 그곳에서는 널 힘들게 했던 그 어떤 것도 함께하지 않길 바라. 행복해야 해. 아니, 꼭 행복했으면 좋겠어.

바닥이 차더라. 핫팩 놓고 갔으니깐 감기 걸리지 말고 금방 다시 또 보러 올게. 지우야 사랑한다. 내 소중한 친구 지우야.'

동기애

누군가 한 명이 힘들어지기 시작하면 주위에 있는 사람들도 같이 힘들어진다. 고된 훈련을 받으면서 한동안은 발목이 내 마음대로 잘 움직이지 않을 때가 있었다. 아무리 발목을 쥐었다 폈다 돌리고 해봐도 괜찮아지기는커녕 되레 발목이 더 아파만 왔다. 그저 파스 하나에 아픈 발을 의지한 채 생활하던 중, 한번은 점호가 끝난 후 내무수진(생활관 안에서 자체적으로 진행하는 간단한 진료)을 받기 위해 서 있는 기다란 줄을 볼 수 있었다. 간단한 찰과상부터 시작해 무릎, 허리, 어깨까지 아픈 곳은 전부 다 제각각이었다. 이대로 가다가는 원활한 훈련이 불가능할 거라 생각했다.

그러나 다음 날 아침점호를 시작하며 당직사관님이 몸이 안 좋은 환자가 있는지 물어보았을 때, 어제 내가 본 인원만 해도 족히 50명은 됐는데 그 누구도 손을 들지 않았다. 이곳에서 남아 있는 모든 훈련을 최상의 컨디션으로 참여할 수 있는 동기는 아무도 없을 것이다. 다만 우리는 모두 괜찮은 척 참고 있었다. 누군가는 심하게 다치지 않아 손을 들지 않았을 수도 있겠다 생각할 수 있겠지만 그런 게 아니다. 누구는 앞에서 악을 지르며 열심히 훈련받고 고통스러워하고 있는데 그 모습을 차마 두 눈으로 지켜만 보기에는 부상에 의한 상처보다 함께하지 못해 느끼는 아쉬움과 미안함이 더없이 크다. 이런 것을 동기애라고 하는가 보다.

특히 화생방 체험을 할 때 이 동기애는 더욱 빛을 발한다. 체험실 안으로 들어갈 때부터 피부에 스며드는 따가운 입자들을 꾹 참고 앞사람의 어깨에 양팔을 가져다 댄 채 서로가 서로를 믿는다. 입에서는 침이 물 흐르듯이 새어나오고, 콧물이 그칠 생각을 않고 흘러나오기도 하지만 나 하나가 힘들다고 천천히 정화통을 분리하고 몸부림친다면 옆에 있는 동기들은 나 하나 때문에 죽어 나간다. 그렇기에 서로의 손을 꽉 잡은 채 미친 듯이 힘들어도 그냥 참는다.

'동기애'라는 이 세 글자는 정말 신기하다. 혼자서 한다면 시도하는 것조차 엄두 내기 힘든 여러 일들을 가능케 한다. 훈육관님이 동기부여를 해주실 때 항상 말씀하시던 "하나에 동기는 둘에 하나다"가 혼날 때는 그저 아무 의미 없이 내뱉던 말들에 불과했지만 이제는 알 수 있을 것 같다. 고된 훈련을 받고 힘든 시간을 함께 보내면서 어느새 정말 하나가 되어 있었다는 것을.

동기애 : 불가능을 가능케 하는 참으로 신기한 단어

증명사진

우리가 함께할 수 있는 시간은 오늘로 마침표를 찍었다. 이제는 더 이상 같은 시간, 같은 공간 안에서 숨을 쉴 수 없다. 앞으로 언제가 될지 모른다. 단지 손에 쥐어진 사진 하나를 바라보며 한여름밤의 꿈만 같았던 지난날들을 기억한다.

철없던 어린 날을 생각하며 그때 내가 왜 그랬을까, 왜 먼저 다가가 손을 잡고 말을 걸지 않았을까 아쉬움 가득한 표정으로 그 시절을 떠올린다. 어쩌면 누군가는 홀로 외로움을 참은 채, 쓸쓸히 투명인간이 되어 남겨진 자신을 바라보며, 내게 먼저 다가와 손 내밀어줄, 이 어둠에서 나를 내보내줄 한줄기 빛을 간절히 기다리고 있지는 않았을까.

다시 만날 수 있을 거라 말해도 생각보다 이제는 말처럼 쉽지가 않다. 시간은 야속하게도 흘러가고 하나둘 뿔뿔이 흩어지고 있다. 명절 귀향길, 잠시나마 얼굴을 비칠 수 있는 금쪽같은 시간이다. 그렇지만 이 시간조차 모두가 함께 마주하기 힘들다.

사진 속에 비친 그 미소를 여전히 품고 있을까. 어쩌면 삶에 치여 살아가느라 그 미소를 잃어버렸는지 모르겠다. 단지 이 한 장의 사진이 그때의 그 미소를 고스란히 기억해주고 있다. 한 살이 더해져 갈수록 웃음은 점점 이른 새벽안개처럼 희미해져만 가고 있다. 마지막으로 눈물이 나고 배를 쥐어 잡을 정도로 웃었던 장면이 언제였는지 더는 기억도 나지 않는다.

그 시절의 나는 어떤 사람으로 남겨졌을까. 친구들의 말처럼 싫은 티 내지 않고, 감정을 표출하지 않으며 주변 사람들마저 답답하게 하는 사람으로 남겨졌을까. 너무 좋은 사람이 되려고 한 나머지 피에로의 탈을 쓰고 세상을 마주하고 있지는 않았을까. 지난날의 나를 신경 쓰지 않으려 해도 자꾸만 내 눈길은 그리로 향한다.

사진 속 표정들을 바라보며 지난날의 사진 속 주인을 회상하고 있듯, 분명 다른 누군가도 내 사진을 비추어 보며 어디선가 그 시절의 나를 생각하고 있지는 않을까.

이 사진이 지난날의 나를 증명해줄 아주 작고도 소소한 매개체 중 하나가 되어 어디선가 나를 대신해 나를 이야기해주고, 증명해주고 있지는 않을까.

　　바쁜 일상 속 잊고만 있던 사진들을 들추어내며 사진을 확인하고 어떤 판단을 내리든 이제는 상관이 없다. 이미 다 지나간 일이고 다시는 주워 담을 수 없는 날이기에. 아쉬움이 크면 미련만 쌓인다.

　　지금에 와서 바라는 건 사진 속 친구를 보며 전화 한 통 하며 안부를 전해주는 것이다. 요즘 어떻게 지내는지, 힘들지는 않은지, 고민은 없는지 먼저 다가가 물어봐주는 거다.

　　이 사진이 과거에 나를 판단하는 매개체 중 하나였다면, 이제는 더 이상 판단이 아닌 우리의 우정을 증명해줄 물건이 되었으면 좋겠다. 더 이상 찾아오지 않을 그 미소를 마지막으로 담고 있는 사진. 우리의 우정이 소중하게 간직되어 있는 사진.

스무 살, 설렘 그리고 두려움

훈련단에서 가장 많이 들은 말을 손꼽아 보라고 한다면 이거다.

"너희는 더 이상 학생이 아닌 사회로 나갈 성인이다."

훈련 조교님은 부모, 선생님, 훈육관의 보호 아래에서 행동할 수 있었던 게 학생이라면, 성인은 내가 하는 모든 행동부터 말, 심지어 그 생각까지 개인이 책임을 질 수 있어야 한다고 말씀하셨다.

예전부터 나는 하루빨리 성인이 되고 싶었다. 떳떳하게 술집에서 신분증을 제시하고 술도 마시고, 10시가 넘어서 PC방에 있으면서 게임도 해보고, 혹여나 인생이 잘 풀리지 않는다면 로또로 인생역전을 하겠다는 막연한 환상을 가지며 더 이상 누군가의 보호 아래 있는 것이 아닌 자유를 만끽하고 싶었다.

하지만 열아홉이 끝나갈 무렵, 스무 살에 대한 설렘과 함께 과연 '내가 하루아침에 바뀔 수 있을까'라는 의문과 더불어 두려움 역시 존재하는 것 같다. 아마 지금의 성격을 성인이 되어서도 변하지 않고 고스란히 간직하고 있지 않을까 싶다. 열아홉의 마지막 날과 스무 살의 첫날이 내 인생에서 스펙터클하게 변할 것 같다는 생각이 들지 않는다. 바뀌는 것이라고는 술집에 가서 술을 마시며 하루를 보낸다는 것. 그것만이 조금 변할 뿐이다.

스무 살이 다가오면 다가올수록 아직 내 마음은 학생인 것 같은데, 잘못을 하고도 책임을 피하려 하지는 않을지, 몸만 자란 어른아이가 되지는 않을지 두렵다.

코로나가 끝나지 않은 역사의 한 장면에 있는 지금, 어쩌면 스무 살의 설렘을 느껴보기도 전에 두려움만을 맞이하지는 않을지 걱정스럽기도 하다. 하루빨리 코로나가 끝나 모두가 스무 살 같은 스무 살을 맞이할 수 있었으면 하는 바람이다.

3과를 들어가며

처음이자 마지막인 열아홉의 순간을 보다 의미 있게 보내기 위해서는 어떻게 해야 할지 곰곰이 생각하다 한 가지 번쩍이는 생각이 떠올랐다. 바로 직접 그들의 이야기를 들어보는 것이다. 다가올 열아홉을 준비하는 빛날 열아홉의 이야기, 자신만의 확고한 꿈을 가지고 꿈을 향해 달려가는 빛나는 열아홉의 이야기, 열아홉을 이미 경험했던 어른들의 빛나던 열아홉의 이야기. 그 이야기를 하나하나 모으다 보면 한 편의 드라마가 만들어지지 않을까.

그러나 이들의 이야기를 듣는 것이 쉽지만은 않았다. 우선 이들의 마음 문을 열고 그 속으로 내가 들어가야 했다. 내가 보여줄 수 있는 것이라고는 간절함 뿐이었다. 그렇게 오직 간절함 하나만을 가지고 이들을 향했다. 직접 손편지를 쓰고, 그들이 있는 곳에 실례를 무릅쓰고 전화를 하고, SNS를 이용해 연락을 했다. 이들에게 닿기 위해 수십 명의 사람들에게 편지를 쓰고 전화를 했다. 그 랬더니 변화는 있었다. 나의 간절함이 닿았던 수십 곳 중 몇 곳에서는 회신이 왔다. 이제 내가 조사한 이들의 드라마 같은 이야기들을 이곳에 조심스레 꺼내 볼까 한다.

제3과

빛날, 빛나는, 빛나던 열아홉

빛날
열아홉

빛날 열아홉을 맞이할 친구들에게는
다음 세 가지를 질문했다.

① 네가 생각하는 열아홉은 어떨 것 같아?
② 수능 말고 다른 것에 대한 고민이 있을까?
③ 열아홉의 너에게 해주고 싶은 말이 있을까?

"일단은 포기하지 말라고 얘기하고 싶어요"

김주혜 (창원 남산고등학교 2학년)

Q. 네가 생각하는 열아홉은 어떨 것 같아?

A. 일단은 되게 불안하고 아무래도 일 년 뒤에 스무 살을 앞두고 있으니깐 현실이 다가온다는 생각에 겁이 나고, 그러면서도 십대의 마지막을 보내는 거니깐 굉장히 슬플 것 같기도 해요. 또 한편으로는 이전에 제가 겪으며 지내왔던 십대와는 다를 거라는 생각에 조금 기대가 되기도 해요.

Q. 수능 말고 다른 것에 대한 고민이 있을까?

A. 지금 가장 고민이 되는 건 친구관계나 지금까지 내가 잘해왔나, 내가 지금 잘하고 있는 건가 하는 거죠. 아무래도 18세에서 19세 십대의 마지막을 준비하는 과정에

들어서고 있잖아요. 여태껏 했던 내신관리나 생활기록
부를 보면 제가 한 게 별로 없더라고요. 다른 애들을 보
면 생기부도 열심히 준비하고 내신도 열심히 준비하고
그랬더라고요. 물론 저도 제 나름대로 열심히 준비하
고 노력해왔다고 생각하지만 그게 막상 아무것도 아니
었다는 생각이 드니깐 내가 지금껏 잘해온 줄 알았는데
이게 잘해온 게 아니었구나, 라는 생각이 들면서 아무
래도 두렵기도 하죠.

Q. 열아홉의 너에게 해주고 싶은 말이 있을까?
A. 일단은 포기하지 말라고 얘기하고 싶어요. 결과가 어떻
든 수고했고 고생했다고 말해주고 싶어요.

"일단은 포기하지 말라고 얘기하고 싶어요. 결과가 어떻든 수고했고
고생했다고 말해주고 싶어요."

"현재의 나에게
충실한 내가 됐으면 좋겠다"

김도현 (대구 강동고등학교 2학년)

Q. 네가 생각하는 열아홉은 어떨 것 같아?

A. 우선 저희 오빠가 열아홉 살인데 지금 거의 한 학년 전
체를 입시 준비로 보내고 있는 것 같아 꿈에 대해 걱정
되기도 해요. 그리고 열아홉을 생각했을 때 지금 저는
인문계를 다니고 있으니깐 입시밖에 생각이 나지 않는
것 같아요.

Q. 수능 말고 다른 것에 대한 고민이 있을까?

A. 어떻게 보면 열아홉 살이 성인이 되기 전 마지막 나이
니까 사회로 나가기 전에 어떻게 내가 대비를 해야 할
지 걱정도 들고요. 성인이 되면 청소년에서 벗어나는

거니깐 아무런 통제도 없고 제가 책임져야 하는 게 더 많은 거잖아요. 그런 것들로부터 나오게 되는 두려움, 그게 가장 걱정되는 것 같아요.

Q. 열아홉 살을 보내고 있는 너에게 해주고 싶은 말이 있을까?

A. 치열한 3학년 1학기를 시험 치고 보내고 나면 마음이 편하겠지만 면접 보고 이런 것들 때문에 힘들어하지 않았으면 좋겠고 다른 사람들 말에 신경 쓰기보다는 현재의 나에게 충실한 내가 됐으면 좋겠다고 말해주고 싶어요.

"다른 사람들 말에 신경 쓰기보다는 현재의 나에게 충실한 내가 됐으면 좋겠다고 말해주고 싶어요."

"소중한 사람들과 추억을 쌓는 것이 가장 중요하다고 생각해요"

조은비 (마산 삼계중학교 3학년)

Q. 네가 생각하는 열아홉은 어떨 것 같아?

A. 열아홉 살이란 인생에서 가장 중요한 선택을 하는 시기이자, 앞으로 나의 미래에 가장 큰 영향을 주는 시기라고 생각해요. 자신이 하는 것에 따라서 앞으로의 직업이나 환경이 달라진다고 생각을 하거든요. 미래에도 다양하고 수많은 고민과 선택이 있지만 성인이 되기 전까지 미성년자인 학생이 넘기에는 미래에 대한 가장 큰 고비라고 생각해요. 그렇기에 많은 사람들은 열아홉 살에 공부만 해야 한다고 생각해요. 많은 어른들이 열아홉 살에는 오직 공부만 해야 한다고 말하고 열아홉 살에 함께 있는 친구는 소중하지 않고 인생에 별로 도움

이 되지 않는다고 말씀하시는 선생님들이 많아요. 근데 저는 그렇게 생각하지 않아요. 저는 미래에 대한 투자도 중요하지만 성인이 되기 전까지 마지막 나이이자 학창시절인데 친구나 선생님, 가족 같은 소중한 사람들과 추억을 쌓는 것이 가장 중요하다고 생각해요. 학교에서는 글이나 교과서에서 배우는 것뿐만 아니라, 다양한 것들을 배울 수 있다고 생각해요. 사람들은 행복한 삶을 살기 위해서 학교에 가고 공부를 하잖아요? 근데 저는 행복한 삶은 환경이나 직업 등 다른 요소들에 의해서 만들어지는 것이 아니라 자신의 생각이나 신념에 따라서 만들어지는 것이라 생각해요.

Q. 수능 말고 다른 것에 대한 고민이 있을까?

A. 일단 고등학교를 들어가야 하니깐 어느 고등학교를 가야 하는지에 대한 고민도 있고 내가 앞으로 어떻게 생활할지에 대해서 미래에 대한 고민이 제일 많아요. 내가 지금 잘 살고 있는 게 맞나 이런 생각도 들고요. 미래에 대한 확신이 없다는 고민도 있어요. 아빠는 제게 간호학과를 가라고 하시지만 저는 아빠가 원하는 간호학과는 별로 가고 싶지 않아요. 저는 동물을 좋아해서 동

물들을 도울 수 있는 게 뭐가 있을까 생각하다가 수의
사를 떠올렸어요. 수의사가 되어서 봉사를 하면 일반인
이 봉사하는 것보다 두 배는 더 도와줄 수 있잖아요. 그
래서 수의사가 돼서 봉사하며 동물 보호소를 차리는 게
목표예요.

Q. 열아홉 살을 보내고 있는 너에게 해주고 싶은 말이 있
   을까?
A. 너무 공부에만 얽매여서 스트레스 받지 말고 미래의 저
   는 휴식도 취하면서 적절한 취미활동을 하면서 행복한
   고등학교 생활을 했으면 좋겠습니다.

"열아홉 살에 함께 있는 친구는 소중하지 않고 인생에 별로 도움이
되지 않는다고 말씀하시는 선생님들이 많아요."

빛나는
열아홉

**빛나는 열아홉을 보내고 있는 친구들에게는 다음 일곱 가지를
질문했다.**

① 너의 꿈은 뭐야?
② 그 꿈을 꾸게 된 계기를 말해줄 수 있을까?
③ 꿈 말고 꼭 해보고 싶은 거 있어?
④ 그 이유는 뭐야?
⑤ 너는 어떨 때 행복해?
⑥ 너에게 있어 열아홉은 뭐야?
⑦ 열아홉이라는 시간을 함께 보내고 있는 주위 친구들에게
   해주고 싶은 말이 있을까?

"글로써 목소리를 내고 싶다"

김준서 (제주제일고등학교 3학년)

Q. 너의 꿈은 뭐야?

A. 펜으로 말하는 사람. 언제부턴가 그런 인물을 꿈꿔왔
   다. 글로써 목소리를 낼 수 있는 무수한 직업 중에서 소
   설가가 되고 싶었다.

Q. 그 꿈을 꾸게 된 계기를 말해줄 수 있을까?

A. 처음 소설가를 꿈꾼 시기는 정확하게 떠오르진 않지만
   나의 성격과 이 직업의 특성이 주된 동기가 되었다. 나
   는 스스로 흥미롭게 여긴 일들은 남의 눈치를 보지 않
   고 실천했다. 축구보다는 야구가 재밌었고 힙합보단 시
   티팝, 재즈, 클래식이 좋았다. 언젠가 소설가가 되겠다
   고 친구들에게 선언하고 다녔을 때 몇몇 아니, 대다수

가 나의 결정을 걱정했다.

"돈은 못 벌겠네. 굶어죽으려고?"

"네 글이 대중들의 선택을 받을 수 있을까? 참고해. 이건 조언이야."

그래서 어쩌란 말인가. 나는 글 쓰는 일이 재밌었고 지금도 그것은 내 최고의 취미다. 그 취미를 통해 나는 세계를 창조해낸다. 그 속에 인간들을 집어넣고 서로 간의 다양한 감정들을 불러일으키게끔 사건을 창조한다. 소설가는 위의 과정을 통해 책 밖의 사람들을 꼬집는다. 이 작업은 나에게 매력적으로 다가온다. 너무나도 합리적이어서 비합리적으로 행동하는 동물. 그들을 탐구하는 직업은 나를 매료시킨다.

Q. 꿈 말고 꼭 해보고 싶은 거 있어?

A. 버킷리스트. 언젠가 적어보리라고 다짐했지만 여태껏 실행에 옮기진 않았다. 하지만 살면서 한 번쯤은 경험하고 싶은 일들을 나열하자면 무수히 많다. 그중 몇 가지를 추려보았다.

• 전기자전거를 구입해 한강부지에 내려 주행하기

- 사고 싶던 만화책(소년탐정 김전일, H2, 몬스터) 전집 사서 소장하기
- 취미로 바둑 배우기
- 불교에서 개종해 천주교 신자 되기
- 뉴욕을 거쳐 파리까지 관광하기
- 강릉바다가 보이는 아파트에서 살기
- 서로에게 미쳐 집착하는 열애
- 아버지껜 명품시계, 어머니껜 고급백 사드리기

Q. 그 이유는 뭐야?

A. 대략 이 중의 절반은 올해 들어서 떠오른 항목이다. 이런 소소한 일상의 모습을 그려낸 듯한 소망들은 굳이 고3에 들어선 나를 밀고 당겼다. 그대로 나는 흔들렸다. 그 소원들은 성인이 된 내가 만족스러운 삶을 영위하고 있기를 바랐다. 나는 그들에게 동요되어 원동력을 얻을 수 있었다. 현재의 고통은 사라지고 그것들이 실현된 미래를 떠올리면 내 인생은 밝게 빛나고 있었기 때문이다. 물론, 이 모든 일은 내가 수행했지만 내가 꿈꾸는 소망들이 내게 현실로 다가오리라고 속삭이는 비유법은 실제적인 운명으로 받아들여진다.

Q. 너는 어떨 때 행복해?

A. 앞서 말했듯이 동화 같은 희망적인 미래를 떠올리는 일
은 아름답다. 현재의 삶에서 그런 미적인 가치를 찾을
수 있는 경우는 가족들과 함께 드라이브를 떠나 멋진
풍경을 바라볼 때, 중학교 친구모임 '조목'끼리 만나 떠
들 때다. 고등학교 친구들끼리 마주치는 복도에서 떠들
때도 그러하다. 휴일에 집에서 거실 소파에 퍼질러 누
워 TV만 볼 때가 즐겁다. 아무래도 그것들은 가끔 이
뤄진다. 그래서 더욱 소중한 가치로 여겨진다. 그렇다
고 내가 위의 상황들을 매일 누릴 수 있다고 해서 나의
삶이 지루하지도 않으리라. 그 시기들을 구성하고 있는
인물들이나 배경이 이미 귀중한 나의 일부분이기 때문
이다.

Q. 너에게 있어 열아홉은 뭐야? 열아홉이라는 시간을 함
께 보내고 있는 주위 친구들에게 해주고 싶은 말 있을
까?

A. 그런 적이 있었다. 수능이 50일도 채 남지 않은 어느
날. 그날의 청명한 하늘이 배경으로 서 있는 오후의 교
실. 유난히도 시끄럽다가 어느 순간 정적이 감돈다. 그

런 고요한 상황에 나는 문득 그 교실이 그리워졌다. 내 몸은 3-6반에 앉아 열심히 수학 29, 30번을 고민하던 찰나였다. 그로부터 자습이 끝날 때까지 지중해 바다 빛깔이 돌던 가을하늘을 감상했다. 실로 만족스러운 시간을 보냈다.

쉬는 시간에 이 이야기를 뒷자리에 앉은 친구에게 말하자 그는 딱 한 마디 일러주었다. "정신 차려. 제정신?" 덕분에 다음 교시부터는 제대로 집중해서 공부했지만 지금 생각해보니 그것은 안타까운 일이다. 나의 열아홉이 고3이라는 이름에 묻혀 본성적인 감정을 이성으로 덮어버린 잔인한 사건이었다.

그러므로 나는 열아홉의 나를 '일부' 표출하기로 마음먹는다. 제주도에는 아직 한라산이 설산으로 탈바꿈하기는커녕 한파주의보도 내리지 않았다. 허나, 나의 열아홉은 벌써부터 아련해진다. 불과 하루만 지나도 성인으로서의 온갖 권한이 주어지는 자정이 두려워진다. 그럼에도 나는 다가오는 시간을 막을 방도가 없다. 흘러가는 나의 열아홉을 막을 방법 또한 없다.

비단 지나가는 올해만 아쉬울까. 나는 내년 이맘때쯤에도 그 해에 아쉬움을 남길 듯하다. 그런 감정이 어느

해인들 안 남겼는가. 우리는 쉽게 만족하지 않는 동물이다. 명백한 사실이다. 어떤 일에서 좋은 결과를 얻었다고 판단해도 약간의 미련은 남기 마련이다.

그럼에도 10대의 마지막에 놓인 우리는 그런 진리에서 벗어나 멀어져버린 어제에 작별을 고하며 뜨겁게 다가올 우리의 20대를 맞이했으면 한다. 영화 〈내부자들〉에서 이병헌이 연기한 안상구의 대사를 떠올리며 말이다. "추억은 가슴에 묻고 지나간 버스는 미련을 버려."

"추억은 가슴에 묻고 지나간 버스는 미련을 버려."

"새로운 시도로 세상에 영향을 미쳐보고 싶다"

이재홍 (대구고등학교 3학년)

Q. 너의 꿈은 뭐야?

A. 직업으로서의 꿈은 프로그래머. 컴퓨터와 관련된 일이
라면 다 해보고 싶은 마음은 있지만 그중에서도 사람들
이 이용할 수 있는 서비스, 앱 등을 만드는 일. 인생의
목표로서의 꿈이라면 새로운 시도로 세상에 영향을 미
쳐보는 거. 그게 내 꿈이야.

Q. 그 꿈을 꾸게 된 계기를 말해줄 수 있을까?

A. 중학교에 입학할 때까지만 해도 과학도가 되고 싶었어.
하지만 당시에 나로서는 과학으로 할 수 있는 것들이 제
한적이었고 그때 마침 코딩에 관한 수업을 듣게 되었지.
생각보다 컴퓨터가 할 수 있는 일들은 광범위했어. 과학

은 물론이고 로봇이나 휴대폰, 일상생활과도 접점이 많았지. 비밀요원, 영화나 히어로물에 나오는 비밀 조직들(첩보 조직?) 같은 곳에서 해킹이나 컴퓨터를 사용해 조사하는 모습이 멋있게 보였던 것도 있지. 그 뒤로는 이것저것 찾아봤어. 유튜브에서 배울 수 있는 프로그래밍 언어, 학교 수업에서 하는 코딩 교육, 고등학교에 와서는 공동교육과정이라고 다른 학교에서 수업을 듣는 것도 했었지. 하면 할수록 재미를 느꼈던 것 같아. 주변에서 해주는 칭찬들은 덤이고.

Q. 꿈 말고 꼭 해보고 싶은 거 있어?

A. 꼭 해보고 싶은 건 아이언맨 슈트 같은 장비를 만드는 것. 장비병이라고 좋은 장비들을 보면 탐이 나거든. 토니 스타크라는 캐릭터가 롤모델 비슷한 거기도 하고.

Q. 그 이유는 뭐야?

A. 그 영화를 보면서 두근거렸거든. 내가 하고 싶은 일들을 하는 주인공과 그것을 받쳐주는 능력들, 한번 가져보고 싶은 마음이야. 어릴 때 꿈꾸는 슈퍼히어로가 되는 꿈. 그런 꿈이지.

Q. 너는 어떨 때 행복해?

A. 다른 것들을 신경 쓰지 않고 하고 싶은 일에 몰두할 때. 하지만 생각보다 그런 기회는 잘 없더라. 내가 걱정이 많은 걸지도 몰라.

고등학교 2학년 때 대회에 나간 것. 그걸로 실리콘밸리에 간 것. 그 대회를 하면서 행복했었어. 물론 엄청나게 바빴지만 평소에 하지 못했던 경험을 하는 게 좋았거든. 내가 반복되는 것을 싫어하는 것도 있고, 새로운 것을 할 때 능률이 오르거든. 자연스럽게 성과도 좋아지고, 무엇보다 내가 할 수 있는 것들이 늘어나는 느낌이 제일 좋아.

Q. 너에게 있어 열아홉은 뭐야?

A. 아쉽게도 난 인문계 고등학교여서 내신성적이 중요하더라. 뭐 득이 있으면 실이 있는 것처럼 2학년 때 대회에 빠져 사느라 학교 공부를 좀 소홀히 했어. 그거 메꾸느라 좀 고생했지. 매일 앞으로 어떻게 살아갈지 고민하기도 해. 하고 싶은 게 많은 만큼 해야 하는 것도 많아지더라. 그래도 지금 시점에서는 대회에 나가고 내 꿈을 좇은 것에 후회는 없어. 대학에 가면 만족하지 못할지도 모르지만?

Q. 열아홉이라는 시간을 함께 보내고 있는 주위 친구들에게 해주고 싶은 말 있을까?

A. 생각보다 자신이 좋아하는 일을 모르는 친구들이 많더라. 목표가 대학인 친구들도 많고. 물론 자신의 꿈이 무엇인지 모른다면 모든 걸 잘해두면 좋지. 아직 우리나라는 학벌이 중요시되긴 하니까. 하지만 학교 밖에서 만난 사람들의 이야기를 들어보면 과거에 꿈 없이 자신이 좋아하는 게 뭔지 모르고 달려온 데 대한 아쉬움이 있더라. 난 이제 고등학교를 졸업하는 거지만 내가 좋아하는 것, 꿈을 가지고 스무 살이 된다는 것에 만족감을 느껴. 내가 성적이 좀 더 좋았다면 설득력이 있었을 텐데, 하하. 다들 입시에서 성공과 실패를 맛볼 거야. 하지만 이제 고작 20년 살았다는 거. 기대수명이 120세인 우리 세대는 아직 1/6밖에 안 살았다는 거. 스무 살이 되더라도 자신이 좋아하는 거 하나쯤은 품고 살아갔으면 좋겠어.

"새로운 시도로 세상에 영향을 미쳐보는 거. 그게 내 꿈이야."

"샵앤샵을 차려 늙을 때까지
어머니와 함께 일하고 싶다"

진성민 (영남공업고등학교 3학년)

Q. 너의 꿈은 뭐야?

A. 내 꿈은 헤어디자이너야. 어머니가 미용실을 하셔서 늙을 때까지 엄마와 같이 일하고 싶어. 그래서 나는 나중에 엄마와 같이 바버샵&미용실처럼 같은 공간이지만 서로 다른 느낌으로 샵앤샵을 차릴 거야!

Q. 그 꿈을 꾸게 된 계기를 말해줄 수 있을까?

A. 내가 중학교 3학년 때는 MMA(종합격투기) 선수가 되고 싶었어. 그래서 아마추어 리그 경기도 나가서 상도 타고 했지. 그때가 17세였는데 내가 22세를 상대로 이겼다니 그 성취감이 너무 좋더라. 그래서 정말 고민하

다가 관장님에게 여쭈어보았어. 그런데 관장님은 "네 실력은 네 나이대에서는 정말 우수하지만 네가 정작 좋아하는 일을 한다면 일은 즐거워도 나중에 금전적으로 힘들 거야"라고 하셨어. 관장님이 나한테 어머니가 미용하시니깐 해보라고 추천하셔서 고1 때 엄마 미용실에서 일을 하기 시작했어. 2년을 배우고 지금은 바버샵에서 커트 교육을 받고 있어. 요즘은 친형 머리는 내가 잘라주거든 하하. 잘 잘릴 때마다 너무 기분 좋더라. 그래서 난 우리 관장님이 내 인생 스승이시고 항상 고마움을 표현해드려.

Q. 꿈 말고 꼭 해보고 싶은 거 있어?
A. 언젠가는 MMA를 계속 배워서 프로 데뷔를 해보고 싶기도 해.

Q. 그 이유는 뭐야?
A. 내가 이루고 싶은 첫 꿈이기도 하고 지금 생각하면 너무 아깝기도 해. 한 번쯤은 프로 데뷔를 해서 TV에 나오고도 싶어!

Q. 너는 어떨 때 행복해?

A. 나는 손님 드라이 아니면 진짜 사람 커트 아니면 가발 커트가 잘되고 칭찬을 받을 때. 내가 노력한 것에 대해 보람을 느낄 수 있어서 너무 기뻐. 그리고 내가 열정적으로 하고 있으면 옆에서 지인이 "너 열정 죽인다! 파이팅해. 응원할게!" 하고 칭찬을 하면 거의 뭐 그때는 기분이 날아갈 것 같지!

Q. 너에게 있어 열아홉은 뭐야?

A. 나는 열아홉 살은 전에 놀던 것들을 줄이고 정말 자기 인생에 대해서 곰곰이 생각하고 실천할 때라고 생각해. 내가 제일 싫은 사람이, 지금 나이에 늦바람이 들었거나 아무 생각 없이 노는 사람이야. 그래서 내 이상형이 시도 때도 없이 카톡으로 연락하는 것보다는 일주일에 한 번씩 어디 놀러 가고 서로 일할 거 하고 쉬는 타임에 잠깐 전화 한 통화하고 퇴근하고 술 한잔 함께할 수 있는 여자야!

Q. 열아홉이라는 시간을 함께 보내고 있는 주위 친구들에게 해주고 싶은 말 있을까?

A. 아직 열아홉 살이라고 젊다고 미래직업 준비를 천천히 하지 말고 남들보다 빨라도 남들보다 빠르다고 생각하지 말고 지금처럼 Keep going! 그리고 만약에 무슨 일을 하다가 위기나 슬럼프가 오면 그건 네가 한 단계 올라가기 전에 오는 신호니깐 절대 포기하지 말고 묵묵히 소신을 가지고 뚜벅뚜벅 걸어가!

"남들보다 빨라도 남들보다 빠르다고 생각하지 말고 지금처럼 Keep going!"

"어렸을 때 아빠와 야구를 하는데
너무 재밌었다"

안재석 (서울고등학교 3학년)

Q. 너의 꿈은 뭐야?

A. 나의 꿈은 프로야구선수.

Q. 그 꿈을 꾸게 된 계기를 말해줄 수 있을까?

A. 어렸을 때 아빠와 야구를 하면서 놀았는데 그때 재능도
있고 야구를 하는 게 너무 재밌어서 시작하게 되었어.

Q. 꿈 말고 꼭 해보고 싶은 거 있어?

A. 이런 말 하면 공부하는 친구들이 싫어할 수도 있겠지만
나는 오히려 공부를 해보고 싶어. 친구들이랑 같이 학
원도 가보고 싶고 그래. 운동만 하니까 어느새 주위에

친구들이 많이 없더라고.

Q. 그 이유는 뭐야?

A. 친구들이랑 학원도 가고 독서실도 다니면서 남들과 같이 특별하지 않게 청소년기를 보내고 싶어서? 지금 하고 있는 야구라는 길은 너무 특별해서 때로는 남들과 같아지고 싶다는 걸 느끼게 돼.

Q. 너는 어떨 때 행복해?

A. 운동하고 너무 힘든데 누워서 가만히 있을 때. 또 친구들이랑 소소하게 수다 떨 때. 그때가 나는 가장 행복해.

Q. 너에게 있어 열아홉은 뭐야?

A. 나의 열아홉은 순식간에 사라져버린 열아홉? 꿈은 이루었지만 내가 어떻게 살아가고 있는지, 어떻게 살았는지 기억도 잘 나지가 않아.

Q. 열아홉이라는 시간을 함께 보내고 있는 주위 친구들에게 해주고 싶은 말 있을까?

A. 내 생각에는 미래도 중요하지만 지금 행복하면 그만이
   야. 고3이면 성적에 대학입시, 취업 때문에 성가시겠
   지만 그런 것들을 준비할 때도 웃고 떠들면서 재밌게
   보냈으면 좋겠어. 난 그렇지 못했기에 조금 후회가 돼.

   "내 생각에는 미래도 중요하지만 지금 행복하면 그만이야."

"식당을 차리고 한식을 세계화하고 싶다"

구승민 (부산조리고등학교 3학년)

Q. 너의 꿈은 뭐야?

A. 어떻게 보면 꿈이 목표잖아. 나의 목표는 내 식당을 차리는 건데 나는 내 식당을 차리고 나서의 목표가 있어. 나는 어릴 때부터 한식을 주로 접했고 또 한식을 전공하니까 한식의 세계화를 하고 싶어. 왜냐하면 이미 한국에서 태어났는데 다른 나라의 음식을 해봤자 그 나라 현지인들보다는 그래도 조금 부족할 거 아니야. 그래서 차라리 내 국적을 가지고 태어난 이 나라의 요리를 전공으로 하고 그것을 세계적으로 전파하고 싶은 꿈이 있어. 예를 들어 피자, 파스타 하면 생각나는 곳이 이탈리아이듯이 외국을 가서 이거 하면은 한국 이런 식으로 기억이 날 수 있을 만한 요리를 만드는 거야. 즉, 한식

세계화가 내 꿈이야.

Q. 그 꿈을 꾸게 된 계기를 말해줄 수 있을까?

A. 나는 처음에 요리에 관심이 없었어. 사실 손기술을 요구하는 기술적인 일에는 빠지려고 했었어. 그런데 초등학교 4학년 때 엄마가 몸이 편찮으셨어. 관절도 안좋으신 데다 고혈압 등등. 그때 당시 부모님이 생활하는 게 불편하셨지. 그래서 부모님 대신 저녁을 만들면서 요리에 관심이 생긴 거야. 그냥 저녁 도와주고 밥 먹었으면 끝났을 텐데. 그 당시 솔직히 요리는 엄마가 다 했는데 나는 옆에서 재료 섞어주고 그런 잡다한 일밖에 하지 않았는데 주위에서 "승민이가 일 다 했다" 이런 식으로 나를 조금 띄워주셨어. 그렇게 말씀해주시니 진짜 '내가 한 것 같은데?' 이런 생각도 들고 그걸 사람들이 맛있게 먹어주니까 너무 기분이 좋은 거야. 그렇게 요리에 관심이 생기면서 취미로 조금 하다가 중학교 3학년쯤 되어서 요리가 너무 재밌고 좋아서 '나는 이 길을 선택해야겠다' 생각했어.

Q. 꿈 말고 꼭 해보고 싶은 거 있어? 그 이유는 뭐야?

A. 강사 같은 것도 한번 해보고 싶어. 누군가에게 알려주는 거. 사실 내가 대학을 갈지 안 갈지도 모르겠어. 그래도 내가 요리를 하면서 내가 아는 선에서 남들에게 알려주는 걸 되게 좋아한단 말이야. 가끔 학원이나 밖에서 요리를 할 때 사람들이 물어봐. "이건 왜 그렇게 하는 거예요?" 그러면 내 입에서 막 설명이 나온단 말이야. 내가 좋아하는 걸 하면서 누군가한테 설명을 하고 알려주는 게 너무 재밌더라고. 그래서 강사직이나 선생님도 괜찮은 것 같다는 생각도 들어.

Q. 너는 어떨 때 행복해?

A. 나는 솔직히 요리할 때 행복해. 당연한 질문일 수도 있지만 내가 이 직업을 선택한 이유이기도 해. 지금 내가 자립을 해서 일을 많이 해보고 있잖아. 일단 내가 먹고 살아야 하니깐 굳이 내가 좋아하는 주방일이 아니더라도 다른 일을 한번 해보자 하고 홀서빙도 해보고 이것저것 해봤는데 난 역시 주방이 제일 좋더라. 내가 만든 걸 손님들에게 드리고 설명도 하고 이러는 게 너무 좋더라고. 그래서 솔직히 홀서빙을 할 때는 혼나기도 하고 재미도 없고 흥미도 못 느끼고 힘들기만 했는데 주

방에 오면 그런 게 다 없어져. 그래서 내가 진짜 요리를 좋아하는구나, 내가 요리를 하면서 많이 행복해하는구나, 라고 느끼고 있어.

Q. 너에게 있어 열아홉은 뭐야?

A. 지금 나한테 있어서 열아홉은 어떻게 보면 진짜 어린 나이인데 성인만큼 자유롭지 않고 너무 힘들고 어려운 시기라고 생각해. 물론 전국에 있는 모든 고등학생들도 다 그렇지만 말이야. 특히 고3은 누구나 다 힘들지. 열아홉 살은 많이 고생하고 힘들어하는 친구들이 대다수인 것 같아. 그리고 엄청 고민도 많이 되는 시기고 감정 기복도 되게 심한 것 같아. 나는 특성화 고등학교잖아. 인문계 다니는 친구들은 대학교나 입시 이런 것에 대해서 고민도 하면서 '아 나 진짜 왜 살지?' 이런 부정적인 생각도 하게 되더라고. 심지어 내가 다니는 학교는 특성화 고등학교고 우리 학교에서는 일반고와 비교해 다른 교육을 하고 있는데도 그런 경우가 있어. 인문계 학교 같은 경우에는 학교에 가서 공부를 하고 자습을 하잖아. 반면에 우리는 시험도 일찍 치고 취업기간이라고 해서 학교에서 취업을 보내준단 말이야. 그래서 인문계

친구들이 공부하고 있을 때 우리는 일을 배우고 있어. 그렇게 조금은 다르지만 같은 열아홉이면서 너무 힘든 과정들이 되게 많았어.

Q. 열아홉이라는 시간을 함께 보내고 있는 주위 친구들에게 해주고 싶은 말이 있을까?

A. 나는 인생에서 살아가는 철학이랑 요리할 때 철학이 있단 말이야. 인생에서 살아갈 때의 철학은 해보기도 전에 포기는 하면 안 된다는 거야. '살면서 후회할 일을 만들지 말자'가 내 인생철학이야. 두 말이 연관성이 있는게, 솔직히 내가 뭔가 도전해보지도 않고 포기했다가 나중에 후회하는 경우도 많고, 그리고 내가 후회할 것 같은 짓을 아예 안 하는 것도 사실은 맞다고 생각해. 모든 일에 최선을 다하는 것도 나중에 후회를 안 하는 방법이라고 생각하거든. 내가 진짜 최선을 다했는데 결과가 안 좋다면 '아 그래도 내가 최선을 다했지만 결과가 안 좋다. 그래도 나는 열심히 했으니까 할 만큼 했다' 이렇게 생각할 수 있는데 '이 정도 했으면 됐겠지' 하고 결과가 안 좋아버리면 '아 그때 조금만 더 열심히 할 걸' 하고 후회하기가 싫은 거야 나는. 한마디로 무언가를 할

때 제대로 진짜 제대로 하자. 그리고 해보기도 전에 포기하지 않는 것. 항상 살아갈 때 긍정적으로 살아갔으면 좋겠어.

모든 열아홉 살들이 물론 진짜 힘든 건 맞아. 이 시기도 정말 힘들고 근데 지금은 백세 인생이라고 하는데 이제 5분의 1밖에 안 왔는데 벌써 '아 나 왜 살지?' 이런 부정적인 생각을 하면 끝도 없고 헤어 나올 수도 없어. 자기가 스스로 가꾸고 이겨내며 나아가야 하는데 계속 부정적인 생각을 하면 진짜 말은 힘이 있다고 그런 일들이 그 사람한테 조금씩 닥쳐오는 것 같아. 정말 긍정적인 생각을 하니 세상이 달라졌어. 오늘은 뭐 할까? 이거라도 해볼까, 저거라도 해볼까? 나는 행복하다. 친구들한테 연락하면서 하루를 보내는데 그 하루가 진짜 내가 정말 무슨 생각을 하느냐, 즉 부정적인 생각을 하느냐 긍정적인 생각을 하느냐에 따라서 그날 내 기분이 달라져. 마음가짐이 진짜 중요하다고 봐.

사람은 하고자 하는 의지만 있으면 다 할 수 있다고 생각해. 의지가 사실 제일 중요하지. 나도 스토리가 너무 많아. 하루는 휴대폰을 보면서 그런 글을 본 적이 있어. "저 정말 백수인데 살기가 싫다. 내일 당장 한강 가서 뛰어내릴 거다." 근데 어떤 사람이 댓글에 "새벽 일찍 나가서 사람들 구경도 하고 혼자 나가서 구경도 해봐라" 하더라고. 나도 솔직히 그런 걸 느꼈어. 서울에서 새벽 1시 차를 타고 부산에 도착해서 지하철 첫차를 타는데 그렇게 사람이 바글바글거리더라고. 그래서 느낀 거야. 다들 살아가려고 열심히 움직이고 아침 일찍 일어나고 하는 거잖아. 그런 걸 보면서 나도 동기부여가 되더라고. 나도 정말 열심히 살아가야겠다 그런 느낌도 많이 받았었지 솔직히. 그걸 보면서 마음을 다잡고 일어서기도 했고.

나는 내가 아직도 어리다고 생각하거든. 너무 어릴 때부터 가족들의 기대도 컸고 내 인생은 솔직히 내 인생이니깐 가족들 기대나 이런 남의 시선을 생각하고 살거면 진짜 나는 거기서 못 헤어 나올 것 같아서 그런 것에 신경을 안 쓰고 나는 이제 내 스스로 열심히만 하고 있어.

"다들 살아가려고 열심히 움직이고 아침 일찍 일어나고 그렇게 하는 거잖아."

"열심히 운동하고 나서 개운한 기분이 들 때 행복을 느낀다"

이신 (경남체육고등학교 3학년)

Q. 너의 꿈은 뭐야?

A. 나는 초등학교 때부터 공부도 말도 못하고 모든 걸 제대로 할 줄 몰랐습니다. 하기도 싫고 육상이라는 종목을 생각을 했습니다. 제가 중국에서 육상을 했기에 육상이라는 종목이 생각이 나서 다시 하고 싶다 생각이 들었습니다. (제 꿈이 허들 육상선수였을 때) 그래서 육상하면서 많은 사람들을 만났습니다. 그리고 학교에서 말도 못하니까 애들이 놀리고 나를 왕따를 시켰습니다. 저는 그렇게 괴롭힘을 당했습니다. 그때부터 맨몸운동이라는 운동을 시작하게 되었고 이소룡이라는 분이 제 롤모델이었습니다. 강해지고 싶고 나를 보호해주고 싶었습니다.

맨몸운동을 열심히 했습니다. 하루도 빠지지 않고 어딜 가든 (팔굽혀펴기, 딥스, 3킬로짜리 덤벨, 악력기 등등) 항상 들고 다녔습니다.

그러다가 육상을 하면서 씨름감독님을 만나게 되었고 그때 씨름 감독님이 "씨름해볼래?" 그래서 저도 궁금했습니다. 그래서 따라갔습니다. 육상을 그만두고 씨름을 하기로 마음을 먹고 가게 되었습니다. 그래서 몇 주 만인가 부산 씨름대표 선발대회에서 선발되었고 부산 대표로 소년체전을 나가게 되었고 하다 보니 씨름선수라는 꿈을 가졌습니다. 씨름을 하면서 나는 많이 변했고 씨름 동기들이나 후배들이나 선배들, 선생님들이 나를 많이 이해해주고 가르쳐주어서 많은 것을 배웠습니다. 씨름하면서 적응하는 데 도움을 너무 많이 받았습니다. 씨름하면서 좋은 분들도 많이 만났습니다. 제일 감사한 분은 지금 반여고 씨름부 박상규 감독님입니다.

그리고 씨름 덕분에 많은 종목을 접하게 되었습니다. 씨름 덕분에 보디빌딩이라는 종목을 알게 되었고 그래서 매일매일 빠지지 않고 씨름 끝나고 바로 헬스장 가서 팔운동만 맨날 했습니다. 그렇게 하다 보니 흥미가 생기고 자신감이 엄청나지고 좋아지고 그래서 갈수록 헬스에 빠져들었습니다. 주변에서 보디빌딩이라는 종목을 할 생각이 없냐고 하는데 그냥 '나는 씨름선수인데…' 하며 딱히 별 생각도 없었습니다. 그냥 씨름 하면서 헬스 하고 그랬습니다.

그러다가 어느 날 인터넷에서 한국에서 몸 제일 좋으신 김준호 선생님 사진을 봤습니다. '우와 너무 멋있다. 나도 이렇게 되고 싶다.' 그래서 보디빌딩에 빠졌습니다. 하고 싶다는 생각이 들었습니다. 그래서 맨날 페이스북이나 SNS에 몸 좋은 사람 사진들도 많이 올리고 운동하는 거도 찾아보고 그랬습니다.

저는 용기 있게 씨름부 감독님께 말씀드렸습니다. 씨름부 감독님은 반대하지 않고 응원해주셨습니다. 씨름 하면서 보디빌딩을 함께 했습니다. 그래서 보디빌딩 하고 씨름도 하고 대회도 나가고 그랬습니다. 그러다가 뭔가 어중간하게 할 거면 차라리 하나만 보고 가자고 생각하면서 보디빌딩을 선택하고 씨름을 그만두고 지금까지 보디빌딩을 하고 있습니다.

근데 저는 초등학생 때부터 스포츠 외교관이라는 꿈이 있었습니다. 근데 고등학교를 졸업하고 모든 게 달라졌습니다. 나는 앞으로 뭐 하지? 꿈을 뭘로 하고? 좋아하는 거만 해야 하나? 뭐 하고 먹고살지?' 이런 많은 생각이 들었습니다. 내가 한국에 왔을 때 아버지한테 약속을 하나 했습니다. "제가 한국 땅에서 꼭 잘되어서 성공해서 보살피러 가겠다." 그런데 '이 약속을 못 지키면 어떻게 하지?'라는 생각이 들었습니다. 그리고 나는 아직도 공부라는 것은 흥미가 없습니다! 솔직히 순수하게 보디빌딩만 좋아하고 재밌고 사랑하고 이것만 잘하고 싶은데 이건 답이 없다 이런 생각도 듭니다. 보디빌딩이 직업이 되기는 어렵다는 것이 고민입니다. 하지만 잘되고 싶습니다! 잘하고 싶습니다! 공부도 잘하고 싶습니다! 모든 일이 잘되고 싶습니다! 순수히 성실히 하고 싶습니다! 나는 진짜 하나만 미치게 할 자신이 있습니다.

Q. 너의 꿈은 뭐야?
A. 내 꿈은 보디빌더 국가대표야.

Q. 그 꿈을 꾸게 된 계기를 말해줄 수 있을까?
A. 내가 이 운동을 좋아하고 사랑하기 때문에. 운동을 할

때 느껴지는 성취감과 개운함이 좋아.

Q. 꿈 말고 꼭 해보고 싶은 거 있어?

A. 딱히 그런 건 없는데, 중학교 때 도중에 그만둔 씨름이 직업 말고 내가 꼭 해보고 싶은 것으로 볼 수 있어.

Q. 그 이유는 뭐야?

A. 씨름을 하면서 최고까지는 못해봐서 다시 도전한다면 정상까지 도달해보고 싶어.

Q. 너는 어떨 때 행복해?

A. 열심히 운동하고 나서 개운한 기분이 들 때 나는 그때 가 가장 행복해.

Q. 너에게 있어 열아홉은 뭐야?

A. 나의 열아홉은 오로지 앞만 보고 최고를 향하여 열심히 운동하는 것. 그게 내 열아홉의 전부야.

Q. 열아홉이라는 시간을 함께 보내고 있는 주위 친구들에 게 해주고 싶은 말이 있을까?

A. 열아홉을 보내고 있는 친구들에게 "할 수 있다. 하면 된

다. 될 때까지 한다. 노력은 절대 배신하지 않는다"고
말해주고 싶어.

"할 수 있다. 하면 된다. 될 때까지 한다."

"비보잉으로 이름이 알려지는 게 목표야"

김정욱 (한림연예예술고등학교 3학년)

Q. 너의 꿈은 뭐야?

A. 꿈은 어떻게 보면 현재 나의 목표를 말하는 거잖아. 일
단 지금 나는 세계적으로 유명한 비보이팀인 진조크루
에 속해 있지만 내가 아직 유명하지는 않잖아. 일단은
한국에서라도 조금이나마 내 이름을 알리고 싶어. 지금
은 내 가치를 높이기 위해 보다 노력하고 열심히 할 거
야. 현재로서의 목표는 국내에서라도 내 이름이 알려지
는 거야.

Q. 그 꿈을 꾸게 된 계기를 말해줄 수 있을까?

A. 내가 초등학교 5학년 때 〈스타킹〉 프로그램에서 비보
잉을 하는 게 나왔어. 비보이가 나와서 사람들 앞에서

춤을 추는데 너무 멋있는 거야. 그래서 엄마한테 "저게 너무 멋있다. 저게 하고 싶다" 했는데, 솔직히 그날 TV 프로그램 보고 그냥 쉽게 던진 말이었어. 근데 그 바로 다음 날에 어머니가 학원을 끊어주신 거야. 그래서 나도 얼떨결에 시작을 하게 됐지. 시작을 하게 됐는데 처음에는 춤을 취미로 췄지. 취미로 1년 정도 6학년 때까지 추다가 이게 너무 즐거운 거야. 너무 재밌어가지고 시간이 지나니깐 이게 나한테 맞는 거야. 그래서 계속 하게 됐고 유튜브를 통해 또 이걸 알아봤지. 알아본 게 예술고등학교가 있었고 그중에 한림예술고등학교가 있었어. 비보잉을 통해서 그곳에 갈 수 있다는 걸 전해 듣고 그 학교에 지원하게 됐어. 내가 원래 울산 사람인데 서울로 가게 되면 부모님이 올라올 수 없으니까 자취를 해야 하는 상황이잖아. 그것뿐만 아니라 내가 지내야 할 곳도 있어야 했는데 알아보니 진조크루라고 있는 거야. 거기에 들어가면 춤을 계속할 수 있으니깐 그곳에 들어가게 됐어. 쉽게 말해 비보이를 하게 된 계기는 점차 이게 너무 좋아져서, 그리고 나는 이거 할 때가 제일 행복해서야.

Q. 꿈 말고 꼭 해보고 싶은 거 있어?

A. 아직은 이거 말고는 다른 것을 생각해본 적은 없어. 굳이 다른 걸 해도 흥미를 느끼는 게 별로 없어서 아직까지는 다른 거 해보고 싶다 이런 생각은 없어. 지금 빨리 실력을 쌓아서 빨리 유명해지고 싶은 게 내 목표니깐 따로 눈길 가는 건 없는 것 같아.

Q. 너는 어떨 때 행복해?

A. 정말 단순한 질문인데 나는 춤을 출 때 가장 행복해. 춤과 노래마다 종류가 있잖아. 난 비보이 노래를 들으면 그냥 심장이 뛰어. 춤출 때마다 구상을 하며 고민을 하는 게 되게 재밌어. '이렇게 해서 이렇게 하면 되겠구나.' 창의적으로 만들어가면서 고민을 하는 게 좋더라고. 그래서 지금은 춤출 때가 가장 행복해.

Q. 너에게 있어 열아홉은 뭐야?

A. 나는 열아홉에 일찍 사회생활을 접하다보니 항상 예의도 없었고 사회생활이 서툴러서 욕도 많이 들었어. 이제 곧 스무 살이고 이제는 내가 모든 것에 책임져야 할 나이가 되는 거잖아. 나에게 있어 열아홉은 지금 내 인

생의 전환점인 것 같아. 나를 다시 한번 되돌아볼 수 있는 시기, 조금 더 행동을 성숙히 할 수 있었던 시기였어.

Q. 열아홉이라는 시간을 함께 보내고 있는 주위 친구들에게 해주고 싶은 말 있을까?

A. 이제 자기가 하고 싶은 걸 할 수 있는 시대가 왔지. 일단은 자기가 좋아하는 걸 찾을 수 있는 길이 굉장히 넓어졌어. 요즘은 여러 가지를 할 수가 있잖아. 근데 내 개인적인 생각으로는 빠르게 자기가 좋아하는 것을 찾아서 될 때까지 해봤으면 좋겠어. 내가 어느 위치에 있든 어떻게 살아가든 자기가 좋아하는 걸 빨리 찾아서 정상까지 가봤으면 좋겠어. 그리고 어린 나이에 사회생활이란 걸 접한다고 해서 도움 안 될 게 하나도 없더라고. 항상 듣던 말이야. 포기하지 않았으면 좋겠어. 꿈을 빨리 찾고 끝까지 도전했으면 해. 그게 무엇이든 간에.

"나에게 있어 열아홉은 지금 내 인생의 전환점인 것 같아."

"힙합이라는 장르에 대한 편견을
깨뜨리고 싶다"

옥가향 (음악이라는 분야를 공부하는 학생)

Q. 너의 꿈은 뭐야?

A. 셀 수 없이 많은 꿈들이 있지만 그중 하나만 꼽자면, 대중들이 보는 힙합이라는 장르에 대한 시선은 어느 정도 편견이 존재한다고 생각해. 내가 이런 장르의 음악을 하는 아티스트로서 그걸 조금이나마 깨뜨릴 수 있다면 가장 의미 있지 않을까? 이런 생각, 이런 꿈을 갖고 있어.

Q. 그 꿈을 꾸게 된 계기를 말해줄 수 있을까?

A. 초등학교 3학년 즈음에 인도로 유학을 가서 2년간 지내면서 사고방식이 많이 열려 있는, 그런 사람이 된 것

같아. 그래서 의무교육인 중학교까지만 이수하고 그 뒤로는 내가 하고 싶은 일을 찾고 싶었어. 부모님은 반대하셨지만 내가 떼를 써서 고등학교를 자퇴하고 글을 적어도 보고 공부하고 싶었던 여러 분야의 서적이라든가 에세이도 읽어봤지만 아무래도 지금 하고 있는 이 일에 가장 흥미가 갔던 것 같아. 실제로 아직까지도 그렇고.

Q. 꿈 말고 꼭 해보고 싶은 거 있어?

A. (이 질문에는 여러 가지 해석이 가능한 것 같은데, 아마 내 감으로는 단어로 정형화된 '직업'이 아니고 그냥 하고 싶은 일을 물어보는 것 같아서 그 질문에 대한 답을 내놓을게.) 아무래도 의외일 수는 있지만 집 인테리어를 배우고, 또 직접 해보고 싶어.

Q. 그 이유는 뭐야?

A. 어린 나이에 일찍 독립해서 자취를 한 지 2년이 돼가는데, 자취방은 나만의 공간이라는 의식이 되게 강해서 늘 내 취향대로 꾸미고 싶다는 생각이 들었어. 현실적으로 월셋집이고, 경제적으로 허락되는 선에서 나름의

인테리어는 했지만, 나중에 내 집이 생긴다면 열심히
공부해서 나다운 집을 만들고 싶어.

Q. 너는 어떨 때 행복해?
A. 사실 2년 전만 해도 랩을 할 때밖에 행복을 못 느꼈어.
다른 건 눈에 들어오지도 않았으니까. 아무리 내가 좋
아하는 일일지언정 그게 돈벌이가 되니까 흥미가 식는
건 어쩔 수 없었어. 그래서 요즘은 밥을 먹을 때나 노래
를 들을 때, 친구들과 이야기를 나눌 때같이 사소한 데
서 행복을 느끼는 중이야.

Q. 너에게 있어 열아홉은 뭐야?
A. 나의 열아홉은 출발점이라고 생각하고 싶어. 스스로가
살아가고 싶은 삶을 살아갈 수 있는 출발점.

Q. 열아홉이라는 시간을 함께 보내고 있는 주위 친구들에
게 해주고 싶은 말이 있을까?
A. 글쎄 이제들 하고 싶은 걸 찾아봤으면 하는 마음은 있
어. 정해져 있는 것 말고, 대학교 전공을 떠나서 본인이
진정 하고 싶은 걸!

"나의 열아홉은 출발점이라고 생각하고 싶어. 스스로가 살아가고 싶은 삶을 살아갈 수 있는 출발점."

"모든 사람들이 나를 보며 울고 웃는 배우를 꿈꾸다"

왕석현(연기라는 분야를 공부하는 학생)

Q. 너의 꿈은 뭐야?

A. 나의 꿈은 모든 사람들이 나를 보며 울고 웃을 수 있는 그런 배우가 되는 거야.

Q. 그 꿈을 꾸게 된 계기를 말해줄 수 있을까?

A. 내가 〈과속스캔들〉이라는 영화에 오디션을 봤을 때가 다섯 살이었는데 누나 따라 오디션장에 갔다가 데스크에 계시던 캐스팅 디렉터 분들이 나한테 "오디션 한번 봐봐"라고 해서 봤다가 그게 붙어서 〈과속스캔들〉을 찍게 되면서 한순간에 뜬 것도 없지 않아 있단 말이야. 그래서 내가 그런 계기를 갖기에는 부족한 시간이었지만

어릴 때 방송을 통해서 배우가 된 것에 후회는 없어. 그
때는 비록 아무것도 모르고 했지만 그때 당시에도 나
는 즐겼던 것 같아. 조금씩 조금씩 가물가물한 기억들
을 되살려보면 나는 그런 촬영장 안에서 한순간, 한순
간 사람들이 나를 알아봐주고 관심을 가져주시는 게 그
냥 좋았어. 그래서 그때도 지금도 계기가 있다면 촬영
장에서 촬영을 하고 내가 촬영한 것을 보고 나의 문제
점을 찾고 잘한 점들을 파악하는 게 즐거워서 계속해서
이 꿈을 꾸게 됐어.

Q. 꿈 말고 꼭 해보고 싶은 거 있어?

A. 그냥 예체능 쪽으로 하고 싶은 게 되게 많은 것 같아. 방
송 쪽 분야는 다 한 번씩은 해보고 싶어. 나는 감독도 해
보고 싶고, 감독 겸 배우도 해보고 싶고, 가수도 한 번쯤
은 해보고 싶어. 한곳에 파고들어 한 분야를 또 히트 쳐
보고 싶어.

Q. 그 이유는 뭐야?

A. 내가 가장 많이 접했던 것들이 그런 것들이어서 그런 것
같아. 내가 방송인이니깐 다른 방송인들은 어떻게 하는

지 찾아보면서 관심사가 계속 그쪽에만 있었거든.

Q. 너는 어떨 때 행복해?

A. 그래도 열아홉 살이면 친구지. 1년 전, 2년 전까지만 해
도 친구들이랑 시간을 많이 보낼 수 있었는데 친구들이
다 입시준비를 하면서 그런 시간들이 이제는 많지는 않
지만 가끔씩 공부하고 밤에 산책할 겸 잠깐 친구들 만
나 공원 한 바퀴 돌면서 오늘 어땠는지 얘기하기도 하거
든. 일상에서 친구들이랑 같이 놀러 다니고 얘기를 하
다 보면 열아홉이라 힘들기는 해도 주위에 친구가 나의
버팀목이 되어줘서 행복을 느낄 수 있는 것 같아. 직업
적인 부분에서는 내가 나오는 방송을 보는 우리 가족들
이 나를 보고 뿌듯해할 때 행복해. 나도 덩달아 뿌듯해
지고 더 열심히 해야겠다는 생각이 들거든.

Q. 너에게 있어 열아홉은 뭐야?

A. 나에게 열아홉은 나의 꿈을 이룰 수 있는 가장 중요한
시점이라 생각해. 왜냐하면 일단은 대학이 중요하잖
아. 내가 가고 싶은 대학에 가서 배우고 싶은 것을 배우
는 거지. 지금 잘해야 좋은 대학도 가고 좋은 것을 배울

수 있기 때문에 지금이라도 늦지 않았다는 생각을 해야

할 것 같아.

Q. 열아홉이라는 시간을 함께 보내고 있는 주위 친구들에

게 해주고 싶은 말이 있을까?

A. 공부하는 분야 자체가 주위 친구들과 다르게 방송 쪽

으로 이 분야만 집중하고 공부를 하고 있는 나로서 열

아홉을 보내고 있는 친구들에게 해주고 싶은 말은 이

거야.

"어쩌면 십대의 마지막이면서 인생에 가장 중요한 시점

을 또는 그 시작점을 보내고 있는 거잖아. 지금부터 어

떻게 하느냐에 따라서 본인의 인생이 충분히 바뀔 수

있다 생각해."

"지금부터 어떻게 하느냐에 따라서 본인의 인생이 충분히 바뀔 수

있다 생각해."

빛나던
열아홉

이미 열아홉을 지나 삶의 각양 고비를 지나며 자신의 꿈을 따라 살아온 여러 직업군의 인생선배들. 그들의 열아홉. 그때의 고민, 그때의 선택은 어땠을까.

학생의 입장에서 항상 고민하는
교사 박한동 님의 열아홉

8년 전의 나, 열아홉 살의 나에게 어떤 말을 해줘야 할지 고민을 하다 보니 그 시절 내가 했던 생각, 고민이 무엇인지 기억을 끌어올리게 되었다.

#진로 #교사 #자격지심 #노력 #자존감 #열등감 #총알 # 행복

열아홉 고3 수능이 끝난 후의 나는 앞으로의 진로, 직업에 대한 고민을 했었다. 다행히(?) 수능성적이 평소보다 잘 나오진 않아, 선택권이 더 많지는 않았지만 그때 당시 주변 친구들이 고민하던 의치한의대, 공대, 인서울 상위권대학 등을 마음에 담아

두고 나 역시도 다양한 고민을 했었다. 그러다가 문득 이 친구들 사이에서 '내가 가장 잘할 수 있는 건 뭐지?', '내가 그 일을 하면서 행복할 수 있을까?'라는 질문이 머리를 스쳤다. 다른 친구들보다 월등하게 수학을 잘하는 것은 아니었지만, 수학문제를 고민하고 알려주는 것을 좋아했던 나. 말을 많이 하진 않아도 친구들의 이 야기를 듣고 공감하는 것을 좋아했던 나의 모습이 떠오르며 진로가 '교사'로 명확해진 순간 다른 길은 사라져버렸다.

그러나 이 선택은 아버지한테도, 담임선생님한테도, 주변 친구들한테도 환영받진 못했다. 아버지는 나에게 다른 모습을 기대하셨던 것 같고, 선생님은 대입 실적에 마음이 가 있으셨다. 나에게 있어 교사가 되기 위해 최적의 환경이라 생각한 학교로 원서를 넣자 몇몇 친구는 '너 수능 말았어?' 같은 반응을 보이기도 했다. 이 과정에서 나의 미래를 그리는 길이 조금은 변질되었던 것 같다. 크게 환영받지 않는 선택을 하게 되자 '내 선택을 무시했던 사람들에게 보여주고 싶다'라는 마음을 가지고 대학교 1학년 생활을 시작하게 되었고 열등감 아닌 열등감, 때로는 자격지심이라고 할 수 있을 법한 마음가짐을 원동력 삼아 공부를 했었다. (물론 묵묵히 응원해주는 사람들이 정말 많았지만) 이 시절 나에게 '스스로 결정하는 게 힘들었을 텐데 자랑스럽다. 너의 소중한 결정을 비아냥대는 말에 상심하지 말고, 많은 고민 끝에 결정한 것이니 기대와 달라도 후회는 없을 것이다. 지금은 다른 사람의 말보다 네가 어떤 사람이 되고 싶은지 내면을 들여다보는 시간을 보내자'라고 말해주는 사람이 있었다면 나의 결정과 나에 대한 자존감을 지키면서 나아갈 수 있지 않았을까?

이 이야기를 하니 고등학교 졸업식 때 동기들 모두가 '미래의 나'에게 남기는 영상에서 어떤 삶을 살고 싶냐는 질문에 내가 '발사된 총알'처럼 살고 싶다고 답했던 것이 기억난다. '도대체 뭘 얼마나 빠르게 이뤄서, 그걸 누구에게 보여주고 싶었으면 총알이라는 단어를 선택했을까'라는 생각에 마음이 아프면서도 쑥스럽다. 그 총알을 격발한 사람이 나 자신이었을까? 아니면 나를 무시했던 사람들이었을까? 덕분에 총알은 빠르게 앞으로 나아갔지만 그래도 한 번뿐인 삶이니 아쉬움이 많이 남는다.

그 당시 나에게 한 마디 더 할 수 있다면 '많이 산 줄 알았는데 아직 아버지 나이의 절반도 안 되는 27살이더라. 이렇게 다시 돌이킬 수 없는 기나긴 시간을 어찌 앞만 보고 가겠냐. 늦어도 된다. 늦어도 좋다. 아니, 어찌 보면 늦은 건 없다. 너와 함께하는 사람들은 네가 빠르게 무언가를 이뤄왔기에 너와 함께하는 것이 아니다. 네가 실패해도, 늦어도 항상 곁에 있었을 사람들이니 실패를 무서워하지 말고 가끔은 뒤도 돌아보고 되돌아 가보기도 하고 새로운 길을 걸어보기도 하자'라고 말해주고 싶다, 아직도 어린 나이라고 생각하지만 지금은 꽤나 이런 말들을 마음에 새기며 살아가고 있다. 다행히도 변질되었던 길에서도 벗어나 누군가에게 보여줘야만 한다는 생각보다는 나의 행복과 목표를 찾아가고 있다. 살다 보면 다시 비슷한 상황이 오게 될지 모르겠지만 그때는 자격지심보다는 자존감을 가진 사람으로 상황을 대할 수 있지 않을까 싶다.

아, 마지막으로는 '어머니가 여드름 짜지 말라고 할 때 짜지 좀 말고, 아버지가 책 좀 읽으라고 할 때 자존심 세우지 말고 책 좀 읽지 그랬냐. 이제라도 블랙헤드 짜지말고 책이나 좀 읽어라'라는 말을 남기며 떠난다!

"늦어도 된다. 늦어도 좋다. 아니, 어찌 보면 늦은 건 없다."

대한민국의 골을 책임지던
전 국가대표 구자철 님의 열아홉

내가 다시 열아홉 살로 돌아간다면….

우선 저는 방황이라는 시간조차 없이 축구로 성공하고 싶다는 명확한 목표로 꿈을 이루고자 수많은 시간들을 미래를 위해 훈련과 자기계발을 하면서 보냈었던 거 같아요. 자고 일어나서 운동하고 밥 먹고 운동하고 또 밥 먹고 운동하고 자고 운동하고를 반복하던 삶이었을 거예요. 정말로 꼭 이뤄야만 한다, 라는 간절한 마음으로 계속해서 매일매일 반복되는 훈련의 고통 속에서도 내 자신에게 지지 않기 위해 필사적으로 보내왔던 시간이었지 않나 생각이 들어요. 아마 조금은 다른 대답이 될 수도 있지만 저는 만약 제가 가진 부와 명예를 다 내려놓고 다시 열아홉 살로 돌아가라고 하면 주저 없이 다시 돌아가서 더 제대로 노력해보고 싶다는 생각도 해요.

정말 분명하게 하루하루 빼놓을 수 없을 만큼 필사적으로 살았었지만 다시 기회가 주어진다면 더 제대로 다시 더 노력해 보고 싶다는 생각을 가끔 해보는 거 같아요. 질문의 대답이 아닐 수 있겠지만 열아홉 살은 무엇이든 본인이 마음먹은 일이라면 뒤도 보지 말고 제대로 도전해볼 수 있는 최고의 시간이라고 믿어요. 그게 일이든 꿈이든 사랑이든 간에.

그리고 훗날 결혼을 하고 본인이 아빠가 된다면 더 느끼겠지만 부모님이라는, 아버지 어머니라는 타이틀이 당연한 게 아니라는 걸 꼭 누군가에게 들을 수 있는 기회를 가졌으면 하는 나이이기도 해요. 부모님에게 아버지, 어머니라는 타이틀은 어떤 의미인지 부모님과 꼭 대화할 수 있는 시간을 가져야 되는 시기, 그럼 더 큰 사람으로 성장할 수 있고 그러한 미래가 너무나도 가능성이 풍부한 그런 시기라고 생각해요.

모든 열아홉의 시간들을 진심으로 응원해요. 감사하고 삶이 재밌다고 믿으면 분명 행복이 있을 거예요.

"제가 가진 부와 명예를 다 내려놓고 다시 열아홉 살로 돌아가라고 하면 주저 없이 다시 돌아가서 더 제대로 노력해보고 싶다는 생각도 해요."

『바보시인』 저자
이승규 님의 열아홉

"삶은 선택과 모순, 후회의 연속이지만…."

열아홉. 굳이 숫자로 관념화하지 않아도 존재 그 자체로 반짝반짝 빛날 수 있는 인생의 몇 안 되는 소중한 시절. 그때의 나로 돌아간다면 나는 나에게 얼마나 당당하게 나에게 나를 이야기할 수 있을까. 세상이 만만치 않으니 즐길 수 있을 때 즐기라는 이야기들 혹은 입시 성적 하나로 장래의 성공과 실패가 좌우되는 아이러니한 시대에 놓인 친구들에게 지금이 가장 중요한 순간이니 후회 없이 '노오력'해야 한다는 기존의 기성세대가 얘기했던 상투적인 조언들을 늘어놓을 것인가.

어설픈 위로와 공감은 상대에게 득이 아닌 독이 될 수 있기에 고민은 깊어져 갔지만 그저 나의 이야기를 진솔하게 털어놓는 것만으로도 지금의 어려움을 겪는 친구들에게 조그마한 도움이 될 수 있지 않을까라는 작은 용기가 펜을 움직였다.

현재 나는 작가로서 여섯 권의 책을 출간했고 지금도 여러 방식으로 꾸준히 세상과 소통하며 새로운 창작물을 선보이고 있다. 예술가의 성향이 다분한 사람이며 작품의 메시지를 자세히 들여다보면 어떠한 시스템과 관습, 체재에 얽매이기 어려운 사람이라는 색이 분명하게 보인다.

이러한 색깔은 학창 시절에 더 짙었다. 사실 고등학교에 입학하자마자 세웠던 계획은 역설적이게도 학교를 자퇴하는 것이었다. 내가 그려왔던 영웅들처럼 멋지게 학교를 때려치우고 꿈을 향해 나아가는 그런 동화 속 상상을 했다. 물론 거기에 주인공은 당연히 나라고 생각하면서 모든 게 잘 풀릴 것이라는 환상 속에 살았다. 그러나 지극히 여린 사람이었던 나는 자퇴 계획을 계속 미룬 채 주변 상황에 끌려갔다. 결국 어영부영 졸업했고 뒤늦게 최선을 다해본 입시 역시도 처참한 실패로 돌아갔다.

문득 이런 생각을 해본다. 정말 그 시절을 온전히 내 뜻대로 살았다면 모든 것이 다 잘 풀리고 행복했을까. 더 나아가 내가 꿈꾸고자 하는 모든 것들을 이루었다면 정말로 행복했을까. 아니면 전에는 상상할 수 없었던 또 다른 고통과 고민 속에 밤을 지새웠을까.

아이든, 청소년이든, 어른이든 우리 삶의 대부분은 선택으로 이루어진다. 크고 작은 부분에서부터 우리는 선택하고 생각하며 행동한다. 그리고 선택에 따른 책임의 무게를 짊어지며 살아간다. 그것이 만들어진 길을 걷는 사람이든, 새로운 길을 걷고 있는 사람이든, 혹은 그 중간의 사잇길을 걸어가는 사람이든, 우리는 모두 죽음이라는 같은 종착지를 향해 가고 있다.

내가 해주고 싶은 말은 결국 "지금에 온전히 존재하라"는 것이다. 삶은 선택과 모순, 후회의 연속이기에 허상에 속지 말고 환상에 존재하지 아니하며 현재에 온전히 깨어 있기 위해 노력하라는 것이다. 스스로에게 끊임없이 물어보라. "지금 머릿속에서 마음까지 뿌리내린 이 관념은 허상인가 실존인가 또는 환상인가 현실인가?"

대부분의 사람들은 허상 속에서 환상을 꿈꾸며 현재를 놓치는 삶을 산다. 아이 때는 어른이 되면 자유로운 삶을 살아 행복해질 것이라는 환상, 청소년 때는 입시에 성공하면 행복해질 것이라는 환상, 그러나 당신은 곧 삶이 자신의 선택과 의지대로만 이루어지지 않는다는 큰 깨달음을 얻을 것이다. 시험에 낙방할 수도 있을 것이고, 사랑하는 연인이 떠나가기도 할 것이다. 회사에서 정리해고를 당할 수도 있고, 믿었던 지인에게 사기를 당할 수도 있다.

혹은 정의를 위한 큰 희생을 감수했음에도 역사에 이름

한 줄 못 남기고 사라질 수도 있다. 이러한 모든 부분들을 제외하지 않는 것이 삶이며 현실을 직시하여 바꿔나가는 것이 실존이다.

삶은 선택과 그에 따른 모순, 후회의 연속이지만 이를 통해 성찰하고 성장하여 나아간다. 그래서 삶이란 참 값지며 의미 있고 살아볼 만한 것이다. 나의 의지보다 더 큰 세상이 있음을 계속해서 깨달아가며 깨부숴 가는 이 모든 순간과 과정들이 지금 내게는 너무도 소중하고 감사하다. 지금 이 글을 읽고 있는 학생, 또는 당신에게 꼭 해주고 싶은 말이 있다.

"행복의 문제는 언제나 지금 여기, 자기 자신에게 달려 있다."

600만 틱톡스타
듀자매 허영주 님의 열아홉

열아홉 영주에게.

영주야. 너는 네가 꿈꾸는 모든 네가 될 수 있어. 네가 생각하는 대로, 꿈꾸는 대로 살아진단다. 결국 너는 꿈을 이루게 된단다. 스스로를 믿고 차분히 앞으로 나아가. 불안해하거나 초조해하지 마. 불안하고 초조한 마음은 너를 함정에 빠지게 할 수 있어. 모든 순간은 의미를 가지고 있어. 넘어지는 순간, 고난의 순간도 모두 의미를 가지고 있단다. 모든 것엔 때가 있고, 알맞은 때에 모든 것들이 주어질 거야. 그러니까 인내를 가지고 믿음을 가지고 앞으로 나아가.

너에게 좋은 기운을 주는, 선한 사람들과 함께해. 관계가 가장 중요해. 소중한 관계들을 잘 가꾸어나가. 그렇게 가꾼 관계들이 진정한 가치를 가지고 있어. 옆에 있는 사랑하는 사람들을 소중히 여기며 아껴줘.

미친 듯이 공부를 해. 세상을 공부해. 세상을 이해하려고 해. 앎을 사랑하며 공부해. 세상의 역사와 흐름, 자연세계에 대한 이해, 언어 등등 네가 살고 있는 이 세계에 대해 깊이 공부해. 학교 수업시간에 최선을 다해 집중해서 알기에 힘써. 자면서, 다른 생각을 하면서 보내는 시간이 얼마나 금 같은지 알았으면 좋겠어. 너무나 아까운 시간이야. 버려지는 시간. 아무런 가치가 없는 시간. 시간을 함부로 쓰는 것, 가장 큰 죄악 중 하나라고 생각해. 치열하게 공부해. 공부라는 것도 할 수 있는 때가 있어. 공부를 할 수 있는 기회, 특권이 주어졌다는 건 엄청난 일이야. 그 시간에만 할 수 있는 특권이라는 것을 받아들이고 즐겁게 즐기며 공부해. 앎의 즐거움에 빠졌으면 좋겠어.

책을 읽어. 너는 지금 아주 작은 우물 안에 있어. 자신이 우물 안에 있다는 사실을 무서워해야 해. 작은 시야를 가지고 산다는 것은 정말 끔찍한 일이야. 세상엔 다양한 선택지가 있고 너는 넓은 세상 속에서 너 자신이 최선이라고 생각하는 것들을 찾아내어 살 수 있어.

우물에서 벗어나기 위한 가장 좋은 방법이 책을 읽는 거야. 많은 책을 읽으며 다양한 삶을 경험해봐. 다양한 삶의 이야기를 들어봐. 새로운 세상을 경험해. 지평을 넓혀 나아가. 그것이 너를 자유롭게 해줄 거야. 갇히고 고이는 순간 썩기 마련이야. 너 자신을 열고, 세상을 경험하고, 드넓은 우주를 바라봐.

빠르게 가려고 하지 마. 조급한 마음은 잘못된 선택을 하게 할 수 있어. 세상에 공짜는 없고, 모든 것엔 대가가 있어. 쉬운 길이라고 생각했던 것이 사실은 너를 돌고 돌게 만들 수 있단다. 정도(正道)를 걸어. 정도를 선택하고 조금 느리더라도 꿋꿋하게 앞으로 가. 그게 진정한 네 것이야. 그렇지 않은 것들은 네 것이 아니야. 단단한 토대 위에 진정한 실력을 쌓아가. 그렇게 흔들리지 않는 튼튼한 집을 지어.

성공하는 습관을 들여. 성공도, 실패도 습관이야. 작은 거라도 반드시 완수하고 성공시키는 습관을 들여. 습관이란 무서운 거야. 성공하는 습관을 꼭 들이도록 해!

매일매일을 즐겨. 살아있음에 감사하고 주어진 모든 순간을 즐겨. 항상 기뻐해. 쉬지 말고 기뻐해! 감사함이 곧 기쁨이야. 매일 감사하는 연습을 해. 그 무엇에게도 기쁨을 빼앗기지 마. 다른 모든 것을 빼앗겨도, 절대 기쁨을 뺏기지 마. 너의 기쁨을 지켜줘.

너무 욕심 부리지 마. 작은 목표를 세우고, 그것부터 차분히 해봐. 너무 큰 목표는 실망을 안겨주지만, 작은 목표는 성취감을 선물해준단다. 성취감을 느끼며 점점 목표를 높여봐.

기존 시스템에서 벗어나 너만의 성공, 성장 방식을 따라. 모든 시스템은 완벽하지 않은 인간이 만들어 놓은 것에 불과해. 이상을 추구하고 네가 직접 그 세상을 만들어 가.

너는 무한한 가능성을 가지고 있다는 것을 절대 잊지 마. 네가 될 수 있는 모든 네가 되어 살아갈 수 있다는 사실을 잊지 마. 네가 꿈꾸는 것 다 이룰 수 있어. 네가 생각하는 대로, 말하는 대로 살아진다는 것을 잊지 말고 꿈꾸고 앞으로 나아가.

"네가 될 수 있는 모든 네가 되어 살아갈 수 있다는 사실을 잊지 마."

야나두 영어 스피치 강사
권필 님의 열아홉

안녕하세요. 저는 현재 야나두라는 영어 온라인 업체에서 영어강사로 활동 중인 개그맨이자 영어강사 권필이라 합니다. 연예인인데… 잘 모르시죠? 도와주세요. 아 농담입니다, 하하. 이렇게 재미가 없어서 영어강사 쪽으로 직업을 살짝 틀었습니다.

여러분! 지금 많이 힘드시죠? 거의 6년을 단 한 번의 시험 대인 수능에서 좋은 성적을 얻기 위해 모든 열정을 쏟고 계시니까요. 저에겐 벌써 20년이 넘게 지난 일이지만 그때가 생생히 기억나네요. 그래서 여러분의 인생 선배이자 수능 선배로서 조금이나마 도움 되길 바라며 글재주 똥손인 제가 감히 응원의 글을 살짝 남겨보려 합니다. 그냥 여러분보다 조금 먼저 태어난 사람의 인생 이야기라 생각하고 가볍게 들어주세요.

저는 고등학교 3년 내내 반장을 하며 전교에서 놀진 못했지만, 반에서 5등 정도의 성적을 유지하는 다소 평범하고 친구들과 어울리는 걸 좋아하는 학생이었습니다. 부모님이 가정형편으로 학교를 길게 다니지 못해서서 장남인 저에게 공부에 대한 기대가 굉장히 크셨습니다. 사실 전 예체능 쪽에 끼가 많았으나 부모님의 마음을 알고 있고 그때 당시는 그렇게 하는 것이 자식 된 도리인 시대였기 때문에 받아들여야 했습니다. 아침 7시까지 등교, 10시까지 야간 자율학습을 고2 때부터 반의무적으로 하며 열심히 공부했으나 노력에 비해 모의 수능점수가 낮게 나와 많은 스트레스를 받았었습니다. 딱 낮은 'in서울' 대학교 정도 갈 수 있는 점수를 고3 내내 받았었고, 불행 중 다행으로 수능을 2주 앞둔 마지막 모의고사에서 성균관대, 서강대 정도 갈 수 있는 점수가 나왔습니다. 저는 너무 기뻤고 '이대로 컨디션만 조절하면 되겠다'고 자신했고 수능날만을 손꼽아 기다리던 어느 날 수능 일주일을 남긴 바로 '그날' 버스를 기다리며 친구와 수다를 떨고 있던 저는 차도도 아닌 인도에서 엄청난 속도로 달려오는 오토바이에 치이고 말았습니다. 제 왼쪽 다리는 똑 부러져 두 동강이 났고 저는 다행히 학교 앞 서울대학병원에 실려 가게 되었습니다. 하늘이 무너질 것 같았습니다. 의사선생님이 바로 수술해야 한다고 했으나 수술을 하면 회복기간까지 최소 2주가 걸려 수능을 볼 수 없게 된다는 사실을 알게 된 저와 부모님은 고심 끝에 반깁스를 한 상태로 수능을 치른 후 수술을 하기로 결정했습니다. 양호실에서 누워서 시험을 보게 되었고 제 이름은 뉴스에도 나왔습니다. 저는 엉엉 울며 시험을 보았고 결과는 예상대로 비참했습니다. 마지막 모의고사보다 40점가량 낮은 점수가 나왔고, 부모님은 누워 있는 저에게 안타깝지만 '재수'를 했으면 하시는 눈빛으로 절 바라보셨지만 전 가차 없이 지방대를 선택했습니다.

물론 그때 당시엔 하늘을 원망하며 '내가 뭘 그렇게 잘못했길래…'라는 생각을 하며 힘든 시간을 보냈지만 지금에 와서 돌이켜보면 전 그 사고를 인정하고 싶지 않지만 하늘이 주신 선물이라 생각하고 있습니다. 만약 제가 그 사고 없이 수능을 치르고 원하던 학교에 입학했다면 전 그저 평범한 회사에서 평범한 일상을 살고 있었을 거라 생각합니다. 그 어떤 도전도 없이 지루한 인생을 살았겠죠. 하지만 전 지금의 삶을 감사하게 생각하며 살고 있습니다. 비록 무명이지만 공채 개그맨이 되어 사람들에게 웃음을 주었고 지금은 영어강사라는 또 하나의 타이틀을 갖고 웃음과 가르침을 동시에 주고 있는 사람이 되었습니다. 이렇게 여러분께 제 이야기를 들려드릴 영광도 얻게 되었구요.

여러분! 절대 수능이 인생에 전부가 아니란 사실 기억하세요! 그리고 여러분이 살아온 날보다 앞으로 살아야 할 날들이 훨씬 많다는 점도 기억하시고요. 그 어느 수험생들보다 훨씬 힘든 시기와 시대에 열심히 노력하고 있는 미래의 희망 열아홉 여러분! 제가 끝까지 응원하겠습니다. 힘내세요! 그리고 마지막으로 저에게 항상 힘이 되어주는 명언 하나 소개해드리고 이만 물러나겠습니다.

"Everything happens for me, not to me!(모든 일은 나에게 일어나는 것이 아니라, 날 위해 일어난다!)"

전 지금도 미국에서 스탠드업 코미디를 하기 위해 노력하고 도전하고 있습니다. 여러분도 계속 도전하고 노력하는 삶을 사셨으면 좋겠습니다!

"모든 일은 나에게 일어나는 것이 아니라, 날 위해 일어난다!"

열아홉의 에세이

초판 1쇄 인쇄 2023년 5월 1일
초판 1쇄 발행 2023년 5월 8일

지은이   이경창

펴낸 곳   프리즘
발행인   서진

책임편집   정민규
편집진행   성주영

마케팅   김정현 이민우 김은비
영업   이동진

디자인   강희연

주소   경기도 파주시 광인사길 209, 202호
대표번호   031-927-9965
팩스   070-7589-0721
전자우편   edit@sfbooks.co.kr
출판신고   2015년 8월 7일 제406-2015-000159

ISBN   979-11-91769-40-1 (43810)